KB114233

IAN REYNOR

이안
레이너

FANTASY FRONTIER SPIRIT

이휘 판타지 장편 소설

이안 레이너 3

이휘 판타지 장편 소설

초판 1쇄 찍은 날 § 2014년 3월 19일
초판 1쇄 펴낸 날 § 2014년 3월 27일

지은이 § 이휘
펴낸이 § 서경석

편집부장 § 권태완
편집책임 § 이효남

펴낸곳 § 도서출판 청어람
등록번호 § 제387-1999-000006호
등록일자 § 1999. 5. 31
어람번호 § 제1-1811호

주소 § 경기도 부천시 원미구 부일로 483번길 40 서경B/D 3F (우) 420-822
전화 § 032-656-4452 팩스 § 032-656-4453
http://www.chungeoram.com
E-mail § chungeorambook@daum.net

ISBN 979-11-5681-942-4 04810
ISBN 978-89-251-3719-3 (세트)

FANTASY FRONTIER SPIRIT

이휘 판타지 장편 소설

IAN REYNOR

이안
레이너

3

청람
도서출판

CONTENTS

1장

나를 테스트하지 마

거대한 기간트가 보인다.

오른쪽 견갑에 울퉁불퉁 솟아 있는 뾰족한 가시들은 강력한 몸싸움을 주특기로 하는 라이딩의 소유자가 탑승하고 있음을 알게 해주었다.

팔꿈치와 무릎에도 마찬가지로 박투에 유리한 장치들이 달려 있었다.

'저것이 나이트급 기간트인 아르고인가?

이안은 마르틴 백작의 출현에 그가 몰고 있는 아르고를 살폈다.

자신도 모르게 전의를 느꼈음인가, 심장이 빠르게 뛰어놀며 전신으로 강한 힘이 들어갔다.

우웅!

그런 주인의 마음을 느꼈는지 라피드가 보관되어 있는 팔찌에서 마나의 진동이 느껴졌다.

어서 빨리 자신을 소환해서 저 기간트를 상대하게 해달라는 그 칭얼거림에 이안은 피식 웃고 말았다.

'지금은 아니다……. 조만간 저 기간트와 싸우게 해주마…….'

이안은 절벽의 앞까지 다가오는 마르틴 백작의 아르고를 향해 마동포를 겨눴다. 더 이상의 접근은 용서하지 않겠다는 단호한 의지를 담았다.

후웅! 콰아앙!

마동포에서 벼락처럼 철환이 쏟아져 나갔다

강렬한 기세와 힘이 실린 그 포격이 아르고의 심장을 노리고 날아들었다.

부웅! 카득!

―어떤 놈이냐!

아르고는 너무도 간단하게 쏘아 보낸 마동포의 포탄을 잘라냈다.

어지간한 라이더라면 낌새를 느끼자마자 피하거나 했을

것을 그대로 서서 반으로 갈라버린 후 쩌렁쩌렁한 외침을 토해냈다.

"접근하지 말라는 경고다! 이곳은 락토르의 영토고 체이스 제국의 기간트가 들어온 것은 곧 침략으로 간주하겠다. 돌아가라!"

이안은 바위에 올라서서 당당하게 선언하듯 말했다. 그 말에 아르고를 탑승한 마르틴 백작이 미친 듯이 웃었다.

—크하하하하! 침략이라고 했느냐? 침략이 어떤 뜻인지나 알고 하는 말이더냐?

"네놈이 이곳에 온 것이 침략이다. 나는 그걸 막아야 할 의무를 지닌 락토르의 기사이자 군인이고."

—흐흐흐! 내가 안 가겠다면 어떻게 할 셈이냐? 지금이라도 달려와서 나를 몰아내보지 그러느냐?

"내가 힘들게 그럴 필요가 있을까? 곧 있으면 로크 제국의 카린 후작도 올 텐데 말이야."

—카린 후작? 크크! 그 말 진실이냐!

"물론! 그런 걸로 거짓말할 이유가 없으니까. 내가 알기로 카린 후작이 오면 아무리 아르곤의 주인이라고 해도 어렵지 싶은데. 안 그래?"

—크크크! 어린놈이 방자하구나. 나는 대체이스 제국의 백작이자 라이더인 마르틴 백작이다. 어린놈, 네놈의 이름이나

알자.

"이안 레이너다. 알고 온 거 아니었어?"

─방자한 놈! 고위 귀족에 대한 예를 갖춰라. 나는 그럴 자격이 있는 사람이니.

"크큭! 적인 주제에 귀족 대우를 바라나? 뭐… 원하신다면야 그 정도는 해드려야지. 흠흠! 무엇을 바라시옵니까? 마르틴 백작 각하 나으리~"

─흐흐… 푸하하하! 재미있는 녀석이로구나. 그래, 앞으로도 그렇게 모셔 보거라. 혹시 아느냐? 내 네놈의 알량한 목숨을 한 번은 살려줄지.

"아~ 그러시옵니까? 이거 황공무지로소이다~"

─오늘은 인사를 하러 왔으니 이만 물러가겠다. 대접도 제법 화끈하게 받았고 하니.

바위산의 곳곳에서 긴 포신이 엿보였다.

그것이 아니었다면 마르틴 백작은 당장에라도 이안을 향해 공격을 가했을 것이었다. 자신은 몰라도 부하들은 접근하는 순간 저 포신들에서 쏘아진 철환에 파괴되어 버린다.

아까 자신도 힘들게 베어낸 것이라는 것을 적이 모르기만을 바라야 할 상황이었다.

"그러시옵니까? 하이구… 이거 황송해서 어쩌지요? 다음에는 더 화끈한 대접을 해드리겠사오니 꼭! 다시 왕림해 주시지요."

―크크! 기대하도록 하지. 그럼 카린 후작이 오면 다시 보 겠군.

"그럼 살펴 가시지요, 마르틴 백작 각하 나으리~"

―나중에 또 보자고, 어린 친구!

마르틴 백작이 아르곤의 몸체를 틀어 다시 그가 왔던 곳으로 돌아가자 이안은 싸늘한 눈빛으로 아르곤의 뒷모습을 응시했다.

그리고 반드시 부서버리고 말겠다는 강한 투지를 발산해 냈다.

지이이이잉!

워프게이트 마법진이 마나를 뿜어냈다.

대응 마법진을 그린 이안은 장난을 쳐서 워프해 오는 왕자와 그 일행들을 공간의 틈에 가둬버리고 싶은 것을 꾹꾹 눌러 참았다.

"모두 정렬! 워프게이트 오픈!"

웅! 웅! 웅! 웅…….

워프게이트는 공간의 틈을 연결하는 통로를 만들어내는 7클래스의 마법이었다.

당연히 이안은 만들지 못하는 마법이었기에 간신히 한 것이 좌표에 대응하는 마법진을 그리는 게 최선이었다.

파앗!

공간의 문이 열리고 반대쪽으로부터 사람이 걸어 나왔다.

워프게이트의 안전을 조사하기 위해 근위기사들이 열을 지어 나오고 그 뒤에 왕자인 아레스와 이실리스 후작이 나타났다.

"차렷! 왕자 저하께 경례!"

"추웅!"

도열하고 있던 이안이 구령을 붙이고 경례를 외치자 기사 정복을 입고 있는 맥컬리 이하 기사들은 모두 왼손을 가슴에 가져다 대며 가볍게 고개를 숙였다.

"예를 거두라."

"감사합니다, 저하!"

이안이 모두를 대신해서 감사의 말을 전하고 고개를 들었다.

'아레스 왕자인가? 나와 나이가 비슷하다는 말은 들었는데… 역시 젊군.'

이안의 눈에 비친 이왕자 아레스는 영준하게 생긴 청년으로 흑갈색의 머리카락을 단정하게 묶은 채 왕실의 문장이 새겨진 갑옷을 걸친 모습이었다.

키는 180 정도로 그리 크지 않았지만 비율이 워낙 좋은 탓에 미남자라고 불릴 것 같았다.

"왕자 저하를 뵈옵니다."

"그대가 이안 레이너 중령인가?"

"그렇습니다, 저하!"

"하하! 왕국의 젊은 영웅을 만나니 참으로 반갑구나."

아레스 왕자가 내미는 손을 살짝 잡은 이안은 고개를 숙여야 했다.

잡은 손에 힘을 주어서도 안 되고 미음대로 움직여서도 안되는 것이 법도이니 그대로 따라했다.

"마법진을 제법 잘 그렸구먼. 호오! 5서클을 이루었는가?"

이실리스 후작은 인사 대신 대응 마법진을 살펴본 평을 하다가 깜짝 놀랐다.

아직 23살에 불과한 이안이 5서클을 이루고 있다는 것은 엄청난 사건과도 같은 일이었기 때문이었다.

"자네의 스승은 누구인가? 나이가 23살로 알고 있는데 5서클을 이루다니… 비결이 무언지 말해주겠나?"

마법사다운 호기심을 드러내며 이실리스 후작은 당장에라도 이안을 해부해 보고 싶어하는 눈치였다.

"운이 좋아 5서클을 이룰 수 있었습니다. 아직 초입이라 안정화시키는 중입니다, 후작 각하!"

"그래 보이는구만. 마지막 서클이 불안정한 것이 꽤 고생

해야겠어. 그런데 내 질문에 아직 답을 하지 않았네만."

"아… 스승님은 없습니다. 가문의 비전을 수련한 것이고 비결은 아까 말씀드린 대로 운이 좋았습니다."

"그래? 커흠… 그렇게 말한다면 믿어야겠지. 그런데 그 나이에 운만으로 5서클을 이룬다는 것은 말이 안 된다는 거 알고 있겠지?"

"그거야… 후후!"

미소를 떼우는 이안에게 이실리스 후작은 집요한 눈빛을 보냈다. 결코 뒷일이 순탄치 않을 거라는 것을 암시하는 그 눈빛에 이안은 아주 잠깐의 시간에 모든 마나를 폭사시켰다.

"큼! 허허… 대단하구만."

후작은 자신의 눈빛 공격에 강렬한 마나를 폭발시키며 저항하는 이안에게 놀라움을 금할 수 없었다.

7클래스의 마도사는 통산 검으로 마스터의 반열에 오른 이와 동급의 대우를 받았다.

그런 자신을 움찔하게 할 정도로 마나와 투기를 뿜어내는 젊은 청년을 본 이실리스 후작은 알 수 없는 이상한 감정을 느껴야 했다.

"검으로도 어느 정도의 성취를 본 모양이구먼. 나를 놀라게 할 정도라면 말일세."

"그것 역시 운이 좋았습니다."

"허허허! 운이 무척이나 좋은 게로구먼. 운이 좋아 최상급의 익스퍼트에 오르고 또 운이 좋아 5서클을 이루다니 말일세."

"그러게 말입니다. 전생에 나라라도 구한 모양입니다. 후후!"

"그럴 게야. 나라를 구한 것이 아니라면 그렇게 운이 좋을 수는 없는 법이니까."

두 사람의 대화를 조용히 듣기만 하던 아레스 이왕자의 눈에 이채가 감돌았다.

"후작, 이안 중령이 그 정도의 성취를 이룬 것이 사실입니까?"

"그렇지요. 그 정도가 아니면 저를 놀라게 할 수는 없습니다."

"호오… 대단한 성취로군요. 나와 나이가 같다고 들었는데… 정말 대단합니다."

"과찬이십니다, 저하!"

깍듯하게 예를 갖추는 이안을 보는 아레스 왕자는 뭔가 기대에 찬 표정이 되어 말했다.

"그건 그렇고 드워프들의 마을이 이 근방이라고 들었는데 그들은 어떻소?"

"어떤 질문인지 잘 모르겠습니다. 정확한 뜻을 하문해 주십시오."

"무례하다! 레이너 경은 예의를 갖추라!"

근위기사 중의 하나가 이안의 무례를 꾸짖었다. 하지만 자신의 어떤 것이 무례를 범한 것인지 몰라 어깨를 으쓱거린 이안이 그 기사에게 물었다.

"제 어떤 점이 무례인 겁니까?"

"뭐라?"

"드워프가 어떻게 생겼는지 물으셨는데 드워프는 물건을 잘 만든다고 대답하는 것이 무례겠습니까? 아니면 정확한 질문의 요지를 묻고 올바른 대답을 하는 것이 무례겠습니까?"

"감히 초임 기사 따위가!"

"초임 기사는 그렇게 하면 죽을죄라는 짓는 겁니까? 거참… 왕자 저하, 질문 한 가지만 드려도 되겠습니까?"

"흠… 고하라."

"제가 저 근위기사에게 결투를 신청하는 것은 예에 어긋나는 것입니까? 예에 어긋나는 일이 아니라면 저자에게 생사투를 신청하고자 합니다."

"데이비슨 경에게 말인가? 그는 상급의 익스퍼트에 오른 기사로 그대의 선배이기도 하지. 그런데 결투를 신청하겠다는 것인가?"

"선배라도 할 말이 있고 아닐 말이 있는 법이라 여깁니다.

제가 무례를 했다고 할지라도 감히라는 말을 쓰는 것은 제 명예를 손상시킨 것입니다. 감히 상급 익스퍼트 따위가 최상급의 익스퍼트에게 무례를 범했으니 말입니다."

쿠웅!

이안이 쏘아 보낸 살기가 그대로 데이비슨에게 쏟아졌다.

고작 한 등급 차이라고 하지만 이안은 마계에서 수련을 쌓으며 마나의 성질이 극도로 과격한 성질을 가지고 있었다.

또 투기는 수련만 쌓은 일반 기사들이 당해낼 만한 것이 아니었다.

"으음……."

데이비슨은 새까맣게 어린 후배의 살기가 오금을 저리게 만드는 것에 당황했다.

왕자의 면전에서 이런 행동을 한다는 것은 있을 수도 없는 일이기에 억지로 버티며 검을 뽑으려고 했다.

"그 검 뽑으면 넌 죽는다!"

강한 일갈이 이안의 입에서 터져 나왔다. 알렉세이 후작의 명령에 비위가 뒤틀려 있는 이안이었기에 조금은 무례하다 싶을 정도로 나가고 있는 거였다.

"그만 하라. 내가 보기에 이안 경은 무례를 범하지 않았으니 데이비슨 경은 사과하도록 하라. 그리고 이안 경도 선배인 데이비슨 경에게 무례했다고 생각한다. 그에 대한 사과를 하기 바라네."

"크윽! 송구합니다, 저하!'

데이비슨은 왕자의 말에 굴욕적인 표정이 되어 고개를 숙였다.

"왕자 저하께서 그렇게 하명하시니 따라야겠지요. 사과드립니다, 상급 익스퍼트인 선배님!'

사과를 하는 와중에도 비꼬는 것을 잊지 않았다. 주제를 모르고 설치지 말라는 이안의 눈빛에 데이비슨은 이를 악물고 고개를 돌려 버렸다.

"회의실로 드시지요. 그곳에 자리를 마련해 두었습니다."

"그렇게 하지."

아레스 왕자의 옆에 서서 이안이 길을 안내했다. 개목걸이를 한 노예병들은 그런 왕자의 등장에 황급히 고개를 숙이며 뒤로 물러섰다.

'듣기로는 천 명 정도의 병력이라 하더니 예상외로 병력이 많은 걸?'

아레스 왕자는 임시 요새의 내부를 살피며 때로는 고개를 주억거리고 어떤 때는 살짝 눈살을 찌푸렸다.

아직 제대로 된 것이 갖춰지지 않은 탓에 지저분한 면이 많았던 탓이었다.

거기에는 이안이 특별히 명령을 내려 청소를 하지 못하게 한 것도 크게 한몫했다.

"후작이 보기에 이안 레이너 경은 어떤 사람인 거 같습니까?"

아레스는 회의실에 마련된 휴식처에서 이실리스 후작에게 물었다. 본격적인 브리핑이 있기 전에 잠시잠깐 휴식을 취하는 시간이었다.

"처음 보인 모습이 그 아이의 성격이라면 결코 가까이 해서는 안 될 자입니다."

"실력은 무척 뛰어난 것으로 아는데 그런 평가를 내리십니까?"

"자신의 실력을 믿고 오만방자한 것은 더 강한 존재를 만나면 꺾이게 마련입니다. 그러니 그런 것보다는 품성을 보셔야 할 것입니다."

"선배인 데이비슨 경에게 결투를 청하려는 것을 보면 성격이 그리 좋은 편은 아닌 듯했습니다만… 하하! 그런 실력을 가진 이가 개망나니라니… 조금은 아깝군요."

"하오나 그게 의도된 것이라면… 그는 진정 무서운 젊은이입니다. 그걸 파악해내는 것이 왕자님의 몫이지요."

왕자는 이실리스 후작의 말을 듣고 뭔가 느끼는 바가 있는지 곰곰이 이안의 행동을 되짚어서 생각해 보았다.

'그가 과연 그런 행동을 한 이유가 무엇일까? 왕자인 내 앞에서 호위기사인 데이비슨에게 결투를 신청한다? 간담이 큰 것인가? 아니면 형님과 연결이 되어 있는 자인가? 그는 과연 어떤 자일까?'

끊임없는 질문이 머릿속을 맴돌았다. 하지만 그 어떤 질문에도 쉽사리 답을 얻지 못했다.

"들어가도 되겠습니까?"

임시 요새의 모든 곳은 동굴을 뚫어서 만들어졌다. 따라서 동굴의 깊숙한 안쪽에 있는 회의실이라고 해도 문이 달려 있는 것이 고작이었다.

"들어오라!"

아레스 왕자가 대답하자 이안을 필두로 맥컬리와 토리, 안드레아와 밀튼이 들어섰다. 그 뒤로는 샤르딘 준남작이 상단 호위대장과 함께 뒤따랐다.

"앉게."

"감사합니다, 저하!"

자리에 착석하는 기사들은 하나같이 당당하게 거침없는 모습을 보여주었다. 근위기사들이 고리눈을 뜨고 쳐다보고 있음에도 전혀 개의치 않는 모습이었다.

"이제 요새의 상황에 대한 브리핑을 하는 것이오?"

"그렇습니다, 저하."

"좋소. 어디 한 번 들어봅시다. 브리핑을 시작하시오."

"충!"

이안이 짧고 굵게 대답한 후 일어나 한쪽 벽면에 준비해 놓은 괴상한 판넬 앞으로 가서 섰다.

"흐음… 그것은 무엇이오? 처음 보는 것 같은데."

"드워프들이 자신들의 연구를 위해서 만든 것입니다. 효용성이 있어 보여서 하나를 얻어온 것입니다."

"어떻게 사용하는 것인지 한 번 보여주겠소?"

"그렇게 하겠습니다."

이안은 드워프들이 샤베른을 만들 때 수없이 많은 설계도면을 썼다 지웠다 하기 위해서 만들어낸 칠판에 자신의 이름을 적었다.

'이… 안… 레이너! 됐다!'

너무도 간단하게 써지는 이안 레이너라는 이름을 보며 왕자는 아주 놀랍다는 반응을 보였다.

"지우는 것은 어떻게 하는 것이오?"

"간단합니다. 이렇게 지우면 됩니다."

부드러운 양모천으로 지우자 이안의 이름은 쉽게 지워졌다.

"오~ 이건 우리 마법사들에게 꼭 필요한 물건이라고 보여집니다. 허허허!"

이실리스 후작은 칠판의 효용성을 알아보았다. 언제라도 썼다가 지울 수 있는 것이기에 마법수식을 연구하는 것에 절대적인 도움이 될 거라 여긴 것이다.

'후후! 이실리스 후작이 저런 반응을 보이는 것을 보면 이거 팔아서 돈 좀 되겠는걸?

이 칠판이라는 것은 드워프는 쉽게 만들지만 인간은 만들기 어려웠다. 물론 연금술을 연구하는 연금술사들은 방법을 알아낸다면 따라할 수는 있을 것이었다.

'쩝… 그런 점에서 보면 일회용이라는 건가?

일회용이라는 의미는 한 번에 팔아치우면 그 뒤는 여기저기서 따라할 거라는 뜻이었다.

물론 권력을 가진 자가 손에 쥐고 따라하는 것에 제재를 가한다면 문제가 달라지겠지만 세상만사 뜻대로 되는 것은 없는 법이었다.

"우선 임시 요새에 대한 브리핑부터 하겠습니다."

"해보게."

"기사 이안 레이너 외 4명이며 병력은 1,012명입니다. 그 외에 노예병으로 만든 포로출신 병력은 2,943명으로 구성되어 있습니다."

"4천 정도의 병력을 만들어냈다니 레이너 중령의 공이 크오."

"감사합니다. 다음은 기간트에 관한 것으로 췰베른 4기와 샤베른 18기가 있습니다. 췰베른은 저와 기사들이 사용하며 나머지 샤베른은 젊은 병사들 가운데 운용병력을 뽑아 쓰고 있습니다."

"일반 병사들 가운데 기간트를 조종한다는 것인가?"

"그렇습니다, 저하!"

"샤베른은 마나를 운용하지 못해도 사용할 수 있는 일종의 기계장치라고 보셔야 합니다. 라이더가 아니라도 하루 정도면 사용할 수 있습니다."

이실리스 후작은 샤베른에 대해 그렇게 정의를 내리고 있었다. 기간트가 아닌 기계장치로 말이다.

"그렇다고 해도 마나 코어를 갖춘 전투병기가 아닙니까?"

"물론 전투병기로 쓸 수 있습니다. 그렇다고 일반 병사가 가진 장창이 기사가 쓰는 미스릴 검과 같은 취급을 받을 수는 없는 법이지요. 크흠!"

이실리스 후작은 자신의 휘하에 있는 왕실 마탑에서 만드는 기간트들이 최고라는 자부심을 가진 사람이었다.

그러니 기계장치에 불과한 샤베른 따위는 기간트도 아니라고 깔아뭉개는 것이었다.

"그렇군요. 레이너 중령, 보고를 계속하시오."

"예, 저하. 드워프 마을에 관한 것인데 그들은 헬카이드 산맥을 차지하고 있는 강철의 모루 일족입니다. 임시 요새와는 전략적 동맹관계를 맺었고 그들로부터 샤베른을 제공받기로 했습니다. 물론 드워프 마을이 위험에 처할 경우 임시 요새의 병력은 최우선적으로 군사적 도움을 주기로 한 상태입니다."

"군사적 도움을 주고받는 전략적 동맹이라… 약간 곤란한 문제라 해야 하겠군."

아레스 왕자는 드워프 마을이 차지하고 있는 마나석 광산을 어떻게든 락토르에 귀속시키고 싶었다.

그것을 통해서 왕위 계승권에 한 발짝 더 다가갈 생각인 것이다.

"레이너 중령, 한 가지 묻겠네."

"하문하십시오, 저하."

"나라가 그대에게 드워프를 배신하고 공격하라는 명령을 내린다면 그대는 어찌할 것인가?"

아레스 왕자의 눈에 묘한 호기심이 어린 것을 보았다. 그것이 무엇을 테스트하는 것인지는 모르지만 지금 상당한 위험이 다가왔음을 느꼈다.

"군인으로서는 따릅니다. 하지만 기사로서는 따를 수 없습니다."

"호오! 그럼 귀관은 군인인가 아니면 기사인가?"

계속해서 곤란한 질문을 이어가는 왕자를 보며 이안은 한

숨을 내쉬었다.

"하아… 어떤 답을 원하십니까? 제가 이 자리를 모면하기
위해서 '나라에 충성을 다합니다'라고 하는 것을 원하십니
까? 그렇다면 제가 질문을 드리겠습니다. 그렇게 신의를 저
버린 자가 하는 그 말을 믿으실 수 있겠습니까, 저하? 입에 발
린 소리를 원하시면 왕궁에 계시기를 권해드리겠습니다."

왕자의 장난기 어린 질문에 굳은 인상으로 대답한 이안이
었다.

근위기사단원들은 그 질문의 끝을 보며 검병에 손을 가져
갔다.

혹시 모를 사태가 벌어질 수도 있다는 판단인 것이다.

"또 한 가지! 타인을 시험하려면 자신도 시험을 당한다는
것을 명심하십시오. 국가에 대한 충성이 없었다면 헥토르 그
자의 반란에 대해 이렇게 역반란을 일으켜 싸우지도 않았습
니다. 그렇게 힘겹게 싸우고 있는 사람들에게 와서 그런 질문
을 하시면 여기 있는 사람들은 어떻게 생각을 해야 하겠습니
까? 대답을 바랍니다, 저하!"

이안이 점점 강한 투기를 일으키며 하는 말에 아레스 이왕
자는 자신의 시험이 그렇게 도가 지나친 것이었나를 생각해
보았다.

권력자라면 누구나 그 정도의 시험은 하는 것이 아니었

던가.

'이안 레이너… 이자는 권력을 쥔 자를 두려워하지 않는다. 아니 오히려 쳐부숴야 할 적으로 여긴다고 해야 하나?'

아레스 왕자는 이안 레이너라는 사람에 대해 그렇게 판단했다. 그 누구도 이렇게 왕가의 사람들에게 대하는 것을 본적이 없었다.

지금이라도 자신이 죽이라고 명령을 내려도 할 말이 없을 것이고 이안 레이너라는 눈앞의 남자는 죽게 될 것이었다.

'하지만 우리도 죽겠지…….'

근위기사들과 이실리스 후작이 아무리 대단하다고 해도 이안 레이너라는 기사는 근위기사단원을 능가하는 검사였다.

거기에 기간트를 가지고 있는 저들이 공격해 온다면 동귀어진을 할 수밖에 없었다.

'후우… 지금은 참아야 하는 것이 정답이겠군.'

능력을 떠나서 이안 레이너라는 사람은 권력을 지닌 자에게는 결코 반갑지 않은 사람이었다.

부러질지언정 휠 줄 모르는 사람은 나라의 영웅이 될 망정 절대 권력과는 거리가 먼 법이었다.

"내가 실언을 했네. 이해를 바라겠네."

"저하! 그것은……."

근위기사들은 아레스 왕자의 사과에 발끈했다. 그러나 아레스 왕자는 손을 들어 그들을 제지하며 말했다.

"나라에 충성을 다하기 위해 싸우고 있는 사람이다. 그런 이에게 충성을 하겠냐고 물은 것은 나의 과실이 맞다. 그러니 그대들은 그만 하라."

"으으… 명을 받들겠습니다."

근위기사들이 물러서자 이안도 투기를 풀고 고개를 숙였다. 왕자와 싸워서 좋을 것은 귀족도 아닌 준귀족에 불과한 자신에게 있을 턱이 없었다.

"레이너 경도 왕자 저하께 무례를 사죄드리게. 내가 보기에도 조금은 심했네."

"무례를 사죄드립니다, 저하!"

이실리스 후작이 중재를 하려는 듯이 말하자 이안도 더 나빠지는 것을 원하지 않기에 고개를 숙였다.

"괜찮네. 그 일은 이쯤에서 묻어두도록 하지."

"감사합니다, 저하."

"그럼 하던 이야기나 마저 하지. 드워프들과 전략적 동맹 관계를 맺었다는 이야기에 관한 것인데 만약 마나석 광산이 그들의 것으로 인정된다면 그것을 우리 왕국에서 사들일 수 있는 것인가?"

동맹을 맺었으니 그 정도는 가능하겠냐는 물음에 이안은 생각할 필요도 없다는 듯이 대답했다.

"가능합니다. 지금 사용하고 있는 기간트의 마나석이 그들이 준 마나석으로 쓰고 있는 것입니다. 실제로 그들은 마나석을 사용할 일이 그다지 많지 않으니 캐내는 상당량을 쌓아두고 있는 걸로 압니다."

"오! 그거 정말 반가운 소리로군."

"그리고 또 한 가지는 아국이 도움을 준다는 전제하에 마나석을 시세보다 훨씬 싸게 구입할 수도 있을 겁니다. 드워프는 장인들이기에 재물에 대해서 그다지 신경 쓰지 않는 성정을 지니고 있으니 말입니다."

"과연… 그 말이 옳다."

아레스 왕자는 최후의 상황에서 락토르는 드워프의 영유권을 인정하는 것이 유리하다는 판단을 내렸다.

"무엇보다 어제 마르틴 백작과 블루소드 기간트 부대가 드워프의 영역에 접근했었습니다. 그들이 드워프들을 공격하는 만약의 사태가 벌어지기 전에 그들에게 도움을 주어야 할 것입니다."

"우리가 도움을 줄 수 있는 방법이 있겠는가?"

워프 마법진으로 기간트를 움직일 수는 없었다. 기간트의 덩치가 워낙 큰 탓에 7클래스의 마도사가 만든 워프 마법진을 통과할 수 없었기 때문이었다.

아레스 왕자가 말하는 것은 기간트 전력이 거의 없다고 보아야 할 임시 요새의 전력으로 마르틴 백작의 기간트를 막을 수 있겠냐는 의미였다.

"굳이 우리가 싸울 필요는 없습니다."

"응? 그게 무슨 말인가? 하면 누가 마르틴 백작과 싸운다는 소리인지 말해보게."

"로크 제국의 카린 후작과 그 휘하의 기간트 부대가 있지 않습니까?"

"그들이? 과연 싸우려고 할까? 드워프 연합이 곧 나설 거라는 정보가 들려오고 있는 상황에서 두 제국이 자칫 전면전으로 비화할 수도 있는 싸움을 할지는 의문이로군."

아레스 왕자의 분석에 이안은 싱긋 웃으며 자신의 생각을 이야기했다.

"충분히 가능합니다."

"응? 어떻게 말인가?"

"이실리스 후작 각하께서 도와주시면 쓸 수 있는 방법이 하나 있습니다."

"내가 도우면 가능하다? 흐음… 말해보게."

"저에게 라페스트가 있습니다. 물론 계약한 체이스 제국의 라이더를 죽인 탓에 무용지물인 상황입니다만… 이실리스 후작 각하시라면 그 계약을 깨뜨릴 수 있지 않을까 합니다."

"뭐라? 라페스트를 가지고 있다는 것이 사실인가?"

"예, 지난 로베르트라는 체이스 제국의 상단주가 라페스트 5대를 가지고 마나석 광산을 노리고 온 적이 있었습니다. 그때 노획한 것으로 지금까지는 창고에 처박아 두었던 겁니다."

"오! 정말 대단하구만. 라페스트를 5기나 노획하다니 말이야."

"후후! 기간트는 라이더가 탑승해야 무서운 겁니다. 따로따로 잡아내면 그것보다 쉬운 상대도 없습니다."

"그야 그렇지… 한데 말이네… 그 라페스트를 왕실 마탑에 넘겨줄 수는 없겠는가?"

타국의 기간트를 구하는 것이 그리 쉬운 일이 아니었다.

암시장에 풀리는 기간트들도 극소수에 불과했고 기간트 캐러밴으로 이동해야 하는 사정상 국외의 반출은 해당 국가의 허가가 있어야 했다.

'라페스트… 아깝지만 어쩔 수 없지.'

라페스트를 사용할 수 있는 방법은 지금 현재로서는 이실리스 같은 마도사급의 인물이 도와줘야 가능했다.

"흠! 우선 전장에서 노획한 전리품의 경우 습득한 기사의 공이 100%라면 모든 소유권을 인정하는 것이 왕국법입니다. 그러니 라페스트의 소유권이 저에게 있음을 인정하시겠습니까?"

"인정하네. 그것은 왕실 마탑의 마탑주로서 인증해 주겠네."

"지금 사용해야 할 라페스트 1기를 제외한 나머지를 왕실 마탑에 판매하도록 하겠습니다."

"허허허! 그건 당연한 것일세. 하지만 내가 도와주는 것도 있고 하니 어느 정도 네고를 해줘야 할 걸세."

"저도 그렇게 생각하고 있습니다. 4기의 라페스트를 30만 골드에 넘기겠습니다."

"30만 골드라… 그 정도라면 감당할 만하군. 그렇게 하지."

두 사람의 협상 내용을 들은 왕자는 체이스 제국의 범용 기간트인 라페스트를 보고 싶었다. 하지만 그 이전에 어떤 방식으로 둘의 싸움을 유도할 것인지 그것이 알고 싶었다.

"이제 방법을 말해보게나. 어떤 방식으로 싸움을 붙일지 그것이 궁금하군."

"간단합니다. 제가 라페스트를 몰고 가서 카린 후작의 기간트 부대를 공격하면 됩니다."

"뭐라? 그, 그게 가능한 것이오? 레이너 경은 기간트 라이딩 훈련을 받지 않은 것으로 아네만."

아레스 왕자의 물음에 이안은 그저 빙긋 웃는 것으로 그 대답을 대신했다. 그리고 그 웃음에 담긴 의미를 파악한 두 사람은 놀라워하며 혀를 내둘러야 했다.

2장

있을 때 잘하라고

　카린 후작이 이끄는 기간트 부대가 헬카이드의 배꼽 동남쪽에 출현한 것은 회의가 끝나갈 무렵이었다.

　드워프들의 연락을 받은 아레나가 직접 마법 통신으로 이안에게 알려왔다.

　징! 지잉! 징!

　회의 중에 마법 수정구가 울리자 이실리스 후작은 무슨 일인가 하여 이안에게 물었다.

　"마법 통신이 올 것이 있었나?"

　이안의 임시 요새에 외부에서 연락이 올 일은 왕궁과의 연락 외에는 없었다.

그리고 자신들이 왔으니 그런 연락을 할 이유도 당장은 없었기 때문에 의문을 자아냈다.

"잠시만 기다려주십시오. 드워프 마을에서 온 연락 같습니다."

"드워프 마을에서? 호오! 드워프는 마법을 못하는 것으로 알려졌는데 신기하구만."

"아! 그들 중에 마법을 할 수 있는 존재가 있습니다. 그러니 샤베른을 만들 수 있지 않았겠습니까?"

거짓말이지만 자신이 샤베른에 들어가는 마나 코어를 제작했다는 것을 숨겨야 했다.

"그렇겠군. 어서 연락을 받아보게."

"네, 잠시!"

이안은 회의실을 빠져나와 마법 통신을 하는 통신실로 달려갔다.

"통신 개방!"

후웅! 지이잉!

마법 수정구에 불이 들어왔지만 보이는 상대는 없었다. 아레나가 연락을 취했음을 바로 알 수 있었다.

"아레나, 무슨 일이야?"

—마스터 드워프들의 요청으로 마법 통신을 연결했습니다.

"드워프들이? 무슨 일이 있는 건가?"

일단 어떤 상황일지 알아야 했다. 물러갔던 마르틴 백작이 다시 기간트를 몰고 왔을 수도 있었으니 다각적으로 상황을 파악해야 한다.

―남동쪽으로 정체불명의 기간트들이 들어왔다는 보고입니다. 오우거가 장악한 지역을 돌파하고 있다는데 꽤 치열한 싸움이 벌어진 것으로 알려왔습니다.

"오우거 지역이라… 후후! 트윈헤드 오우거들이 쉽게 물러설 놈들이 아니지. 알았으니 조금만 기다려 달라고 전해."

―알겠습니다.

"그리고 만약 무슨 일이 벌어지면 마을을 버리고 던전으로 모두 피신하라고 전해주고. 그럼 나중에 보자고."

―예, 마스터!

아레나와의 짧은 마법 통신이 끝나고 이안은 카린 후작의 기간트 부대가 와 있을 곳을 떠올렸다.

수십 마리가 넘는 트윈헤드 오우거가 버티고 있는 지역으로 제아무리 기간트가 대단하다고 해도 꽤나 고전을 해야 할 것이라 생각했다.

'지금 공격을 가하면 상당한 타격을 줄 수 있겠지. 하지만 그건 아니야……. 오우거를 처리하고 난 후 드워프 마을로 접근했을 때를 노려야겠어. 그래야 오해를 하고 싸우려 들

겠지.'

이안은 양측의 오해를 불러일으킬 방법을 다각적으로 모색하며 비릿한 조소를 머금었다.

"드워프 마을이었나?"

"네, 기간트 부대가 헬카이드의 배꼽 남동부에 출현했는데 우리 요새의 기간트인지 확인하는 것이었습니다."

"남동부라면… 로크 제국이겠구만."

"카린 후작과 그 휘하의 기간트 부대가 온 것으로 판단됩니다."

"카린 후작이라… 허허! 대단한 전투를 볼 수 있겠구먼. 카린 후작과 마르틴 백작… 두 제국을 대표하는 기간트 라이더들의 대전이라니 말이야."

옆에서 지켜보기만 하면 되는 입장에서라면 아주 흥미진진하고 박진감 넘치는 기간트 대전을 무료로 보게 되는 셈이었다.

그래서인지 아레스 왕자 역시 무한한 기대감을 드러낸 채 고개를 주억거렸다.

"카린 후작의 동화율이 95%라고 알려졌는데 마르틴 백작은 어떻습니까?"

"신도 잘은 모릅니다만 대략 그 정도 되지 않겠습니까? 동화율 1%의 차이로 승패가 갈린다고들 하니 거의 비슷할 거라고 생각합니다."

동화율 1%의 차이는 실로 엄청난 차이라고 할 수 있었다.

0.01초의 차이면 그게 그거라고 생각할 수 있지만 그 정도의 시간에 기사는 상대의 목을 베어낼 수 있다.

라이딩에서도 마찬가지로 적의 심장에 검을 꽂아 넣을 때 그 조금의 차이로 갈릴 때가 많았다.

"일단 드워프 마을로 가야 할 것 같습니다. 트윈헤드 오우거들이 출몰하는 지역을 통과하고 있다는 전언이었으니 카린 후작과 로크 제국의 조사단이 곧 도착할 것입니다."

"그렇게 하세. 우리도 출발하도록 하지."

"후후! 뭐 잊으신 거 없으십니까?"

"응? 내가 뭘 잊었다는 건지 모르겠구먼."

"라페스트 말입니다."

"아! 내 정신머리 좀 보게. 어서 가세나."

"후후, 따라오시지요."

이안은 이실리스 후작과 왕자를 데리고 라페스트를 처박아 두었던 다른 동굴로 향했다.

제일 먼저 해야 할 것이 바로 그 라페스트를 계약하는 일이기 때문이었다.

―크앗!

부아앙! 서걱!

로크 제국의 범용 기간트인 오시리스는 워리어급으로 1.97
의 출력을 지닌 기체였다.

나이트급으로 치는 2.0에 거의 근접한 최고의 워리어급 기
간트로 평가되었다.

기잉! 철컹! 기잉! 철컹…….

그 오시리스보다 머리 하나 정도 더 커다란 거체를 지닌 기
간트가 막 목이 잘린 채 쓰러진 트윈헤드 오우거의 머리를 검
을 찍어 들었다.

ー꽤나 애를 먹인 녀석의 최후치고는 좀 허무하구만.

ー흐흐! 7미터에 달하는 녀석이었으니 그 정도면 쉽게 처
리하신 겁니다.

트윈헤드 오우거의 움직임이 워낙 빠른 탓에 죽이는 것에
애를 먹었었다.

크기는 자신의 기간트인 나이트급 기간트 슈바르츠발트의
절반에 불과하지만 그 빠르기는 거의 1.5배에 달할 정도로 재
빨랐다.

"카린 후작 각하! 이제 어찌할 생각이십니까?"

숨을 죽이고 있던 조사단의 문관들이 기사들의 호위를 받
은 채 다가왔다.

그중에서 조사단장을 맡고 있는 조나한 백작의 외침에 슈

바르츠발트의 거체가 작은 움직임을 보였다.

─마나석 광산이 어디에 있는지 알지 못하니 그것을 우선 알아내야 하지 않겠나?

"차라리 락토르 왕국 측에 연락을 하는 것이 어떻겠습니까? 그들의 부대가 이 근처에 있다고 들었습니다만."

─흠… 나쁘지 않군. 그렇게 하게.

기간트의 전력이 형편없는 것으로 알려진 락토르의 부대였다. 그곳이라면 얼마든지 제압할 자신이 있었다.

'이안 레이너라고 했던가? 그 역반란을 일으킨 문제의 주인공이 말이야… 흐흐흐! 어떤 녀석일지 궁금해지는군.'

카린 후작이 이안을 생각하는 동안 마법 통신이 이어졌고 곧 조나한 백작이 외쳤다.

"곧 이쪽으로 병력을 보내겠다고 했습니다. 그러니 이곳에서 기다리는 것이 좋겠습니다."

─그런가? 그럼 탑승 해제를 해야겠구만.

나이트급의 기간트는 기본적으로 쿼드코어를 사용해서 만들어지는 것이었다.

3개의 마나석이 들어가야 함은 기본이고 그것도 최소 중급 이상의 마나석이어야 했다.

1시간을 움직이는데 들어가는 비용이 최소 1천 골드는 넘는, 말 그대로 돈 잡아먹는 괴물이었다.

기잉! 파앗!

마법진을 통해서 기간트에서 내린 카린 후작은 특수 제작된 투구를 벗으며 머리카락을 쓸어 넘겼다.

"경계에 만전을 기하게. 저런 괴물들이 또 몰려온다면 곤란해질 것이니 말이야."

"예, 후작 각하!"

기사들은 조사단을 지원하기 위해 파견된 이들로 제국에서 손에 꼽히는 라이더인 카린 후작에게 깍듯한 예우를 갖췄다.

"여기 시원한 물이라도 드시지요."

조나한 백작이 시종에게 손짓하자 뒤에 대기하고 있던 시종이 물병을 카린 후작에게 공손히 건넸다.

"캬아… 역시 기간트 라이딩 후에 마시는 시원한 물 한 잔이 최고라니까."

물병을 다시 시종에게 건넨 후 카린 후작은 조나한 백작에게 말했다.

"백작이 보기에 이 헬카이드의 배꼽 지역은 어때 보이시오?"

"제가 살펴보니 상당한 자원이 매장되어 있는 걸로 보입니다. 광물이 묻혀 있는 것은 땅을 파보아야 알겠지만 일단 토양의 형질로 추측하자면 철광과 미스릴이 묻혀 있을 가능성이 높습니다."

"호오? 그게 정말이오? 그런데 왜 이 땅을 예전에는 버려뒀는지 모르겠구만."

"삼국의 국경이 맞닿는 꼭짓점 부분에 유성이 떨어지고 이런 크리에이터를 만들어낼 정도였으면 과거에는 거의 재앙이나 마찬가지였을 겁니다."

"하긴 그렇기야 하겠지. 몬스터들이 대거 난리를 쳤을 테니까."

"그때 몬스터 웨이브에 준하는 사태가 각국을 덮쳤었다는 이야기를 들었습니다. 그로 인해서 헬카이드 산맥을 기점으로 각국이 물러선 것이죠. 아무래도 산맥 안에서는 기간트를 움직여서 몬스터를 토벌하기 어려우니 말입니다."

"여기까지 오면서 그 생각을 많이 했지. 나의 슈바르츠발트가 저렇게 고생했는데 과거의 솔저급 기간트로는 답이 없었을 거라는 걸 말이오."

과거에는 기간트 전력이 약했기에 포기했을 수도 있었다.

하지만 지금은 나이트급의 기간트를 1년에 한두 대는 제작하고 있었고 주력 기간트는 워리어급의 기간트였다.

그 정도의 전력을 투사하면 헬카이드 산맥이 제아무리 몬스터들의 땅이라고 불린다지만 정복도 가능하지 않을까 생각했다.

"이 땅을 우리 제국에서 차지하면 어떻겠나? 이 분지 안에 있는 몬스터들만 제거하면 될 거 같은데 말일세."

"몬스터를 제거하는 것은 지금의 전력으로는 어렵지 않을 것입니다. 하지만 그렇게 되면 삼국 간의 영토분쟁이 일어날 겁니다."

"흐흐! 그까짓 체이스 놈들이야 한주먹감도 아니고… 락토르는 크크크… 알아서 길 놈들이니 걱정할 거 있겠나?"

카린 후작의 말에 조나한 백작은 쉽지 않은 일이 될 거라 생각했다.

국제관계라는 것은, 특히 두 제국과 그에 맞서는 왕국의 역학관계라는 것이 결코 생각대로 흘러가지 않을 것이기 때문이었다.

'역시 무장들은 단순하다니까… 락토르가 그러다 체이스하고 손잡으면 어쩌려고. 지금까지 락토르와 체이스를 이간질하는데 들어간 노력과 비용이 얼마인데. 쯧쯧!'

카나한 백작은 혀를 차며 카린 후작의 무모하다고 생각될 만큼 저돌적인 성격을 걱정했다.

이번 조사단은 삼국이 충돌할 가능성이 무척이나 큰 상황이었으니 조금은 조심해 줬으면 하는 바람이었다.

'이런 땅은… 자원은 많겠지만 지키기는 아주 지랄 같겠구

만 뭐. 문관인 내가 봐도 그런데 무장들이 보면 얼마나 공격할 곳이 많겠어.'

일단 로크 제국이 자랑하는 마동포를 절벽 위에 설치하고 쏘아대면 최소 중앙 부위를 제외한 나머지는 쑥대밭으로 만드는 것이 가능했다.

이곳을 차지한 자가 누가 되었든 최악의 선택을 하는 것이라는 생각에 조소가 절로 지어졌다.

철컹! 철컹! 철컹······.

연속으로 이어지는 기간트의 발자국 소리에 경계를 하는 이들의 눈에 경계심이 어렸다.

몇몇 라이더들은 언제라도 기간트에 다시 올라탈 수 있도록 대비할 때 상대편 기간트가 보였다.

"저것도 기간트라고 해야 하나?"

카린 후작의 입꼬리가 말려 올라갔다.

기간트라고 부르기에도 민망한 샤베른의 모습을 보고 자신도 모르게 비웃음을 흘린 것이었다.

"로크 제국의 조사단이십니까?"

"그렇소. 마중 나온 락토르 왕국군이요?"

기잉! 파팟!

해치를 열고 뛰어내린 토리가 기간트 슈트가 아닌 기사의 갑옷을 입은 상태로 가볍게 응대했다.

"안녕하십니까, 마중 나온 토리 미치볼 중령입니다."

"호오! 젊은 나이에 중령이라니 대단하군요."

보통 중령 계급장을 달려면 30대 후반은 넘어가야 하는 것
이 정상적인 코스였다.

그런데 이제 겨우 20대 초반의 어린 청년이 중령이라고 하
니 황당함에 빠져들었다.

"아주 재미있는 기체를 모는 구만. 이 기체의 이름은 무엇
인가?"

"저, 실례지만 누구신지……."

"아벡스 폰 카린 후작 각하십니다. 예를 갖춰주십시오."

"아! 후작 각하를 뵙니다. 토리 미치볼 중령입니다."

"만나서 반갑네."

"이 기체는 샤베른이라고 합니다. 드워프들이 만든 기간트
로… 아니지, 기계장치로 정의된 놈입니다."

기계장치라는 말에 카린 후작은 당연하다는 듯이 반응했
다.

"그렇지. 이게 기간트라고 불린다면 그건 기간트에 대한
모독이지. 당연한 게야."

타국의 군인이 보는 앞에서 그들이 가진 기체를 폄하하는
말을 지극히 자연스럽게 내뱉는 카린 후작을 조나한 백작이
얼른 막아섰다.

"토리 중령, 조나한 백작일세. 드워프 마을로 가는 길을 안내해주겠나?"

"아! 조나한 백작님이시군요. 만나서 반갑습니다."

토리의 인사에 조나한은 마음이 급했다.

저 성질 지랄 같은 카린 후작이 샤베른을 살피고 있으니 1초라도 빨리 드워프의 마을로 가고 싶었다.

"바로 안내를 부탁하네."

"알겠습니다. 따라오십시오."

토리가 샤베른에 올라타자 그걸 살피던 카린 후작은 뚱한 표정으로 자신의 기간트에 올랐다.

500미터나 되는 절벽을 타고 내려온 탓에 기간트 캐러밴을 가지고 올 수 없어서 직접 기간트를 몰고 뒤따라야 했다.

'저것은… 마동포다!'

카린 후작의 눈에 들어온 가장 충격적인 장면은 드워프 마을의 곳곳에 배치되어 있는 마동포였다.

포신의 길이는 짧았지만 마동포가 있다는 것만으로도 기간트를 모는 라이더에게는 위기감을 주기 충분했다.

"어서 오세요, 카린 후작님. 나는 락토르 왕국의 아레스 왕자입니다."

"아! 아레스 왕자 저하께서 직접 오셨군요. 만나서 영광입니다, 저하!"

카린 후작은 젊은 락토르의 왕자가 이곳에 있다는 것이 믿겨지지 않았다.

조금만 내려가면 반란군이 득시글거리는 곳에 왕자가 왔다는 것은 락토르 왕국이 이번 사안을 굉장히 중요하게 여긴다는 것을 느끼게 만들었다.

"이 사람은 조사단의 단장을 맡은 조나한 백작입니다."

"페드로이아 폰 조나한입니다, 왕자 저하!"

"만나서 반갑습니다. 조나한 백작님."

"저야말로 왕자 저하를 만나 뵙게 되어 영광입니다. 하하하!"

왕자와 고위 귀족들의 인사하는 모습을 지켜보는 이안은 참 고위귀족의 세계는 별스럽다는 생각을 가졌다.

싸워야 할 적일지도 모르는 상대와 고상을 떨며 인사를 나누는 광경이 어떤 의미에서는 참 재미있게 느껴졌다.

"호오! 참 대단한 젊은이로구만. 경이 이안 레이너겠구만."

카린 후작은 이안에게서 강렬한 마나를 느꼈다.

적어도 최상급의 익스퍼트에 오른 이만이 풍길 수 있는 것에 눈에 강한 투기를 발산하며 다가왔다.

"이안 레이너 중령입니다. 후각 각하!"

이안이 가슴에 손을 가져다대는 약식 인사로 예를 표했다. 타국의 귀족이기에 그 정도가 딱 적당한 수준의 예절이라고 할 수 있었다.

"최상급인가?"

"운이 좋았습니다."

"흐흐! 운으로 최상급의 익스퍼트가 된다면 세상천지가 다 익스퍼트들이겠구만."

누구에게선가 들은 듯한 말을 카린 후작이 또 하고 있었다. 왕자의 옆에 서 있는 이실리스 후작이 입꼬리를 살짝 말며 이안을 보고 있었다.

'에휴… 이놈의 인간들은 정말……'

강한 존재를 보면 한번 싸워보고 싶어서 안달인 자들이 세상에는 너무 많다는 생각이 들었다.

그런 자들과 싸우는 것이 점점 지겹게 느껴지는 탓에 이안은 고개를 살짝 내저으며 말했다.

"운이 좋았다는 말씀 외에는 드릴 말씀이 없군요. 제가 특별히 운이 좀 좋은 편입니다. 잘못해서 뒤로 넘어져도 금화를 주울 정도거든요."

"큭! 그런가? 무척이나 부러운 운이로구만."

"그러게 말입니다."

"저기 있는 기사들은 중령의 동료들인가 보군."

"그렇습니다. 토리 중령은 인사를 나누셨을 것이고. 왼쪽이 맥컬리 중령, 다음이 안드레아 중령이고 마지막이 밀튼 중령입니다."

"후작 각하를 뵙니다!"

친구들이 이구동성으로 인사하자 카린 후작은 제법이라는 생각에 고개를 끄덕이며 인사를 받았다.

"그런데 체이스 제국에서도 왔다고 들었는데 마르틴 백작, 그자는 어디에 있는지 알고 있나?"

"헬카이드의 배꼽 바깥 지역에 있는 걸로 압니다."

"응? 그쪽에 있다면 여기로 들어오는 것이 쉽지는 않을 건데. 무슨 방법이 있으려나?"

로크 제국의 기간트도 상당히 어렵게 헬카이드의 배꼽을 내려 왔었다.

깎아지른 듯한 절벽을 내려오는 일이니 어지간한 장비의 도움을 받지 않는다면 불가능에 가까웠다.

"조사단으로 오신 분들께서는 지금이라도 드워프분들을 보고 싶으실 거라 생각합니다."

"맞네. 드워프 마을이라고는 해도 실제로 드워프를 보지는 못했으니 말이야."

조나한 백작은 드워프들의 존재를 어서 빨리 확인하고 싶었다.

그래야 마나석 광산이 그들의 것인지 결정할 수 있을 것이었다.

"잠시 기다리십시오. 지금 바로 모셔오도록 하겠습니다."

이안이 양해를 구한 후 곧바로 드워프들의 마을로 들어갔다. 외곽의 경비는 노예병들로 500명을 세워두었기에 그들을 뚫고 들어오지는 않을 것이었다.

"아이언핸드 님, 나가시죠."

"끄응… 꼭 이렇게까지 해야 하는 건가?"

아이언핸드는 일족의 드워프 전사들을 대거 동원하여 뒤에 도열시킨 상태였다.

드워프제 무구로 도배를 하고 일부 드워프들은 연사가 가능한 크로스보우를 들어 충분한 전투력을 내보였다.

"반드시 해야 하는 일입니다. 저들에게 얕보여서 좋을 것이 없으니까요."

"허허허… 자네가 그렇다고 하면 그런 것이겠지."

이안을 전적으로 신뢰하는 아이언핸드와 일족들은 그가 시킨 대로 최대한 거드름을 피우며 바깥으로 나섰다.

"강철의 모루 일족의 지도자이신 아이언핸드 님과 그 일족분들이십니다."

이안이 정중하게 소개하자 그의 친구들은 웃음을 참아내

느라 이를 악물었다.

하지만 그 눈빛은 심하게 흔들리고 있어서 자칫 로크 제국의 조사단에게 들킬 우려가 있었다.

"왕자 저하! 그리고 로크 제국의 조나단 백작님께서는 인사를 나누시도록 하시지요."

"고맙네, 락토르 왕국의 이왕자인 아레스 폰 락토르입니다. 아이언핸드 족장님."

"껄껄껄! 인간들의 왕자님이 오셨구려. 강철의 모루 일족의 아이언핸드요."

인사를 나누는 것에 신경이 집중된 탓에 친구들에게는 신경을 쓰지 못했다.

그 덕분에 웃음을 참아낸 친구들이 최대한 각 잡힌 모습을 연출하면서 기사다운 모습을 보여주었다.

"아이언핸드 님께 여쭙겠습니다."

"그렇게 하시오."

"우리 로크 제국의 황제 폐하께서는 이곳 헬카이드의 배꼽지역에 마나석 광산이 발견되었다는 말에 조사단을 파견하셨습니다. 그리고 그 소임을 제가 맡고 있습니다. 해서 드리는 질문입니다만⋯ 이곳에서 마나석 광산을 채굴한 것이 강철의 모루 일족이 맞습니까?"

"맞소. 우리 일족이 최초로 그 광산을 채굴했소. 지금도 채

굴하고 있는 것은 마찬가지요."

"언제부터인지 대답을 해주시겠습니까?"

채굴한 시점이 무엇보다 중요했다.

마나석 광산을 인간들이 먼저 발견하고 그 뒤에 드워프가 투입되어 광산을 만들었다면 드워프라고 해도 그 소유권을 주장할 수 없었다.

"400년 전에 내 선친이신 아이언해머 님께서 먼저 발견한 광산이오. 대답이 되었소?"

"네? 4백 년 전이라고 했습니까?"

"그렇소. 무슨 잘못이라도 있소?"

"아, 아닙니다. 한데 이제껏 마나석 광산이 알리지지 않은 이유가 궁금하군요."

조나한 백작의 질문에 아이언핸드는 별 시덥지 않은 질문이라는 투로 퉁명스럽게 답했다.

"우린 드워프요, 드워프!"

"아… 그, 그렇군요."

드워프들에게 마나석 광산은 있으나마나한 존재였다. 그곳에서 나오는 마나석을 이용해서 무언가를 만들 수단이 존재하지 않는 것이 드워프인 것이다.

그러니 그들이 그것을 캐서 어디다 쓰겠냐고 묻는 것에 조나한 백작은 말문이 막혔다.

'드워프 일족의 전사들만 백여 명이 넘는다면… 드워프들 중에서는 큰 부족에 속할 터… 빼앗는 것은 무리다.'

조나한 백작은 드워프 연합에 찍혀서 그들의 도움을 받지 못하는 사태에 이르는 것을 원하지 않았다.

"한데 저 샤베른이라는 기계장치는 강철의 모루 일족에서 만드신 겁니까?"

"그렇소. 그것 때문에 우리도 마나석 광산을 채광하게 되었소. 물론 저기 있는 마동포에도 필요하고 말이오."

"아… 마동포가 있었군요. 저 무기는 우리 로크 제국의 방어무기인데 드워프분들도 같은 것을 가지고 계시는 모양입니다. 그런데… 무척 작군요. 제가 본 마동포는 포신의 길이만 10미터에 이르는 것인데 말입니다."

조나한 백작은 마동포라는 말을 듣고 나서야 그것을 발견하고 살짝 놀란 모습이었다.

특히 그 마동포의 크기가 너무 비교가 되기에 작다는 표현을 쓰며 약간은 비하하는 듯한 어투를 내비쳤다.

"흥! 마동포의 포신이 길다고 그 위력이 강하다는 생각은 착각에 불과하지. 마법진과 그 마법을 얼마나 하나로 모아서 쏘아내느냐가 마동포의 위력을 좌우하니 말이야."

조나한 백작의 말에 뭔가 기분이 나빠졌는지 아이언핸드의 말이 뻐딱하게 흘러나왔다.

"한 번 보겠소?"

"하하하! 마동포의 위력을 볼 수 있다니 참으로 좋은 구경 거리를 하게 생겼습니다. 부탁드리지요."

조나한 백작의 말에 옆에 있던 카린 후작도 호기심을 드러 냈다.

제국의 마동포와 비교해서 얼마나 위력을 가지고 있는 것 인지 알고 싶어하는 눈치가 강했다.

"우든마울! 마동포를 시범 발사하라!"

"예, 족장!"

드워프 전사들 중에서 명을 받은 드워프가 배치해 놓은 20 여 대의 마동포 가운데 가장 가까운 곳으로 달려갔다.

그리고 곧바로 몇몇 드워프들의 도움을 받아 시범사격 준 비를 끝마쳤다.

"족장님 준비됐습니다."

"뭐해! 바로 갈겨!"

"하하하! 그럼 발사합니다. 마동포 발사!"

후웅! 고오오오오!

마나가 마법진으로 모여들고 곧 쏘아질 듯한 모습을 보였 다. 그리고 상상 이상의 마법력이 폭발하며 철환이 발사되었 다.

콰앙! 쎄에에에엑!

끼음을 내며 날아가는 철환은 눈에 보이지도 않을 정도로 빠르고 강력했다.

마법력이 쏟아지며 남기는 작은 흔적이 아니었다면 철환을 발사했는지조차 모를 정도였다.

콰쾅! 콰드드드등!

1km는 족히 넘게 날아간 철환으로 인해 과녁이 되어버린 석벽을 끼음을 내며 부서져 내렸다.

그 위력에 놀란 카린 후작과 조나한 백작은 이들 부족과 무조건 적대해서는 안 된다는 결론을 내렸다.

'저 무기가 체이스 제국에 넘어가면⋯ 아국은 요새전에서의 우위를 점할 수 없게 된다⋯⋯. 허어⋯ 저런 위력이라니.'

카린 후작은 마동포가 지닌 위력보다 저 조그만 크기가 중요하다는 것을 직감했다.

로크 제국의 마동포는 위력이 비슷함에도 그 크기가 3배에 달하는 것이라 고정식으로 사용할 수밖에 없었다.

반면 저 마동포는 크기가 작아 불편하기는 해도 끌고 다니면서 공성전에 써먹을 수도 있고 때에 따라서는 야전에서 기간트 전력에 기습을 가할 수도 있었다.

'기간트전에 혁명을 불러일으킬 무기다!'

카린 후작은 당장에라도 저 마동포를 로크 제국에서 독점하고 싶다는 욕망에 불타올랐다.

그의 욕심을 읽은 이안은 친구들에게 손짓으로 신호를 보냈다.

"준비하라!"

"예, 족장!"

아이언핸드의 명령에 뒤에 도열하고 있던 드워프 전사들이 일제히 마동포대로 달려가 언제든 마동포를 발사할 수 있도록 준비했다. 그리고 몇몇은 샤베른에 올라타며 싸울 준비를 갖췄다.

"조, 족장님… 이게 무슨 뜻입니까?"

"그건 내가 아니라 저자에게 물어라!"

아이언핸드가 카린을 가리키며 분노한 음성을 토해내자 카린 후작은 그제야 정신을 차렸다.

'아차! 실수했구나.'

카린 후작은 자신이 드러낸 강한 욕심을 드워프들이 적의로 받아들이고 전투태세에 들어갔음을 알고 뒤늦게 후회했다.

그런데 락토르 왕국의 기사들과 병사들도 드워프들과 함께 전투 대형으로 돌입한 것은 의외였다.

"실수했소. 저 마동포가 너무도 뛰어난 것이라 갖고 싶다는 욕심이 났던 모양이오. 절대 무력을 쓰거나 할 생각은 추호도 없었으니 양해를 바라겠소."

카린 후작이 사과하자 아이언핸드는 별 거 아니라는 투로 손을 한 바퀴 휘돌렸다.

그러자 드워프들은 전투태세를 풀고 원래대로 돌아섰다.

"아레스 왕자 저하."

"말씀하시지요."

"드워프들이야 위험을 느꼈으니 그럴 수 있다고 하지만 락토르 왕국의 병력은 왜 움직였는지 말해주실 수 있겠습니까?"

"그건 내가 아니라 레이너 중령이 말해줄 겁니다. 레이너 중령!"

"네, 저하."

"왜 그런 움직임을 보였는지 말해주게."

"간단합니다. 저희 임시 요새와 드워프 마을 간의 전략적 동맹 때문입니다."

"전략적 동맹? 그렇다면 락토르 왕국과 드워프 부족 간의 동맹관계라는 뜻이오?"

"그건 아닙니다. 임시 요새의 사령관인 저 이안 레이너와 드워프 부족 간의 전략적인 동맹입니다."

이안의 단언에 카린 후작과 조나한 백작은 벙찐 표정으로 이안을 바라보았다.

"그, 그렇다면 이안 레이너 중령이 사령관에서 해임되면

드워프 부족과 임시 요새간의 동맹관계도 끝난다는 것인
가?"

"물론입니다. 저와 드워프 부족 간의 동맹이니까요."

"아하… 그렇구만."

조나한 백작의 눈이 반짝하고 빛났다.

이안 레이너라는 저 기사만 차지하게 된다면 드워프 마을
의 마나석 광산도 그 차지한 나라의 소유가 된다는 뜻이었다.

그리고 저 무서운 무기, 바로 소형 마동포 역시 그 나라의
것이 되는 것이었다.

'무조건 데려가야 한다. 저 이안 레이너 중령이라는 자
를……'

조나한 백작의 눈빛을 읽었는지 카린 후작 역시 미미하게
고개를 끄덕였다.

"흠흠!"

그러자 안달이 난 것은 다름 아닌 이실리스 후작과 아레스
왕자였다.

마동포를 보기 전만해도 이안의 중요성은 그저 드워프 마
을과의 연결고리 정도였지만 이제는 전략적으로 대우해야 할
인사로 격상된 것이다.

'후후! 그렇게 있을 때 잘하라는 말이 괜한 말이 아니라
고.'

이안은 아레스 왕자가 뭔가 중대한 결심을 한 눈빛으로 자신을 바라보자 일부러 그의 시선을 피해버렸다.

애가 타는 그의 심정을 모르는 바는 아니지만 홀대를 받으면서까지 충성을 다할 정도로 애국자는 아니었다.

3장

씨움 구경이나 하자고

두 나라의 권력자들에게 관심의 대상이 되어버린 이안은 그 관심에서 벗어나기 위해 아이언핸드에게 다가가며 말을 걸었다.

그런 의도를 눈치챘는지 아이언핸드도 더욱 친근하게 이안을 대했다.

"아이언핸드 님, 그 자들은 더 접근하지 않던가요?"

"흐흐흐! 지난번에 이안 경이 혼쭐을 내준 이후로는 접근을 하지 않고 있네. 척후로 내보낸 아이들의 말로는 다른 쪽으로 들어올 수 있는 길을 찾는 모양이라고 하더군. 우리 일족의 친구인 이안 경이 나섰는데 겁을 안 먹을 수 있겠나. 하하하하!"

아이언핸드의 말에 아레스 왕자의 표정을 득의만만해졌고 반대로 조나한을 비롯한 로크 제국의 인사들은 더욱 욕심이 동하는 표정이었다.

"마르틴 백작과 한차례 접촉이 있었던 모양이구려."

"예, 저하. 전에 보고를 드렸다시피 드워프 일족의 마동포로 위협사격을 했던 적이 있었습니다."

"그래 마르틴 백작은 어떤 반응을 보이던가?"

"후후! 마동포의 철환을 반으로 갈라보이더군요. 진짜 대단한 라이딩 기술이었습니다."

"흥! 그까짓 것은 나도 할 수 있네. 그 정도로 라이딩 기술을 운운하는 것은 라이더에 대한 모독일세."

카린 후작이 지금 상황에서 라이벌이 되어버린 마르틴 백작에게 강한 호승심을 드러내며 면박을 놓았다.

이안이 그를 칭찬하는 것이 못내 못마땅한 듯했다.

"후후! 물론 후작 각하께서도 충분히 하실 수 있으시겠지만 저로서는 대단해 보이는 것이 사실입니다."

"하긴 기사인 자네가 보기에는 대단해 보일 수도 있겠군. 그게 바로 우리 라이더들의 능력인 게지. 흐흐흐!"

이안이 하는 말에 그제야 라이더의 위엄을 내보이는 카린 후작을 보며 이안은 왼쪽 입꼬리를 살짝 말아올렸다.

하지만 고개를 돌리는 것을 잊지 않아서 아무도 그런 모습을 보지 못했다.

"어찌됐든 조사를 위해서 삼국의 조사단이 다 와야 하는데 마르틴 백작도 불러야 하는 것은 아닌지 모르겠습니다."

"흥! 우리 로크 제국과 락토르 왕국에서 공인을 하면 체이스 제국 따위야 그냥 받아들여야지. 안 그렇습니까, 아레스 왕자 저하?"

카린 후작이 아레스를 끌어 들이며 하는 말에 이안은 차라리 잘 되었다는 생각을 가졌다.

저 둘이 인정을 하면 체이스 제국에서도 드워프 마을을 공격하지 못할 것은 분명했다.

두 나라가 보고 인정했는데도 공격을 가한다면 드워프 연합의 제재를 받아야 할 것이었다.

"물론 그렇기는 합니다만… 그 무도한 작자들이 그냥 인정을 할지는 모르겠군요. 소국인 우리 락토르의 입장에서는 체이스 제국이 무도한 행동을 해도 따질 만한 국력이 안 되는 터라."

아레스 왕자는 적당히 선을 긋고 뒤로 빠졌다.

그 말에 로크 제국의 조사단을 책임지고 있는 조나한 백작이 얼른 끼어들었다.

혹시라도 카린 후작이 말실수를 하여 로크 제국이 독박을 쓸까 염려한 것이었다.

"하하! 그거야 락토르 홀로 감당할 때의 이야기입니다. 우리 로크 제국이 함께한다면 체이스 제국도 함부로 행동하지 못할 것입니다. 저하!"

"그런가요? 하하하! 그렇다면 다행이겠습니다만. 역시 우리 락토르 왕국은 로크 제국의 공명정대함을 믿어야 할 거 같습니다."

아레스 왕자의 외교적인 언사를 보며 이안은 역시 교육을 받은 왕자라는 생각이 들었다.

저런 외교적인 언사는 따로 배우지 않는다면 죽었다 깨어나도 하지 못할 거라는 생각에서였다.

"그럼 조사단의 결정을 내리도록 하지요. 그런 연후에 마나석 광산을 가진 강철의 모루 일족분들과 교류를 하는 장을 마련하는 것이 좋겠습니다."

이안이 서둘러 조사단의 결정을 내려달라고 말했다.

길게 끌어서 좋을 것도 없었고 광산에 대한 조사와 귀찮게 이어질 여러 가지 제반 사항에 대한 조사가 이루어진다면 자칫 파탄이 일어날 수도 있어 그것을 막으려는 거였다.

"흠! 강철의 모루 일족이 이 땅에서 400년 전에 발견한 마나석이라고 하니 우리 로크 제국으로서는 소유권을 주장할 수 없다고 인정합니다."

"흐흐! 당연한 말이라 생각하오."

아이언핸드가 당연히 자기들의 것이라 주장하는 발언을
하자 조나한 백작은 고개를 끄덕이며 다음 말을 이었다.

"대신 헬카이드의 배꼽 안에서 발견된 광산인만큼 그 판매
에 관한 일정 지분을 우리 로크 제국을 비롯한 삼국이 나눠가
질 것을 제안하는 바입니다."

"로크 제국의 결정이 그렇다면 우리 락토르 왕국 역시 마
찬가지입니다. 다만 우리 이안 레이너 경이 강철의 모루 일족
과 친구이고 전략적 동맹을 맺은 것을 아실 겁니다. 그러니
우리 락토르 왕국의 우월적 지위를 인정해 주실 것을 요청합
니다."

조나한 백작의 말에 아레스 왕자가 직격탄을 날렸다.

이안 레이너라는 드워프의 친구가 우리나라 소속이니 절
반은 가져야 한다는 요구인 셈이었다.

"광맥이 어느 정도인지는 모르지만 적어도 겉보기에는 중
급 이상의 광맥으로 보이는데 너무 과한 요구가 아닌가 합니
다만."

조나한 백작은 물러설 수 없다는 듯이 단호한 어투로 말했
다.

"상급의 광맥이오. 하루 30여개 이상의 마나석이 채굴되는

곳이고 앞으로 100년은 끄떡없을 거요."

아이언핸드가 슬쩍 상급의 광맥임을 알렸다.

싸움을 붙이려는 것으로 누가 이기든 많은 것을 내어놓게 될 것이었다.

물론 이것도 이안이 뒤에서 은근히 조장한 것으로 아이언핸드는 그대로 따라하는 것에 불과했다.

"그렇다면 더더욱 그럴 수는 없지요. 최대한으로 인정한다고 해도 40%가 한계입니다, 왕자 저하!"

조나한 백작의 당찬 말에 아레스 왕자는 고개를 가로 저었다.

락토르의 영토 안에 있는 땅에서 나온 것이고 비록 반란군에 의해서 막혀 있다고는 해도 물러설 이유가 없었다.

"락토르의 영토입니다. 비록 헬카이드의 배꼽이 중립지대로 암묵적인 동의가 있다고 해도 마나석 광산이 있는 곳은 우리 락토르의 영토가 맞습니다. 그러니 50%의 지분이라야 합니다. 그렇지 않소, 레이너 중령?"

"소관은 오직 락토르의 것을 지키기 위해서 목숨을 걸고 싸울 뿐입니다."

"하하하! 역시 레이너 중령은 우리 락토르의 젊은 영웅이오, 영웅!"

아레스 왕자가 엄지손가락을 치켜 세우며 이안을 칭찬하

자 조나한 백작의 얼굴이 벌레씹은 것처럼 변했다.

하지만 이내 희미한 조소를 머금은 채 이안에게 말했다.

"하하! 이안 레이너 경 같은 인재는 좀 더 큰 물에서 놀아야 하지 않겠소? 우리 로크 제국이라면 레이너 경을 더 크게 키워줄 수 있는데 말이오."

"조나한 백작! 지금 우리 왕국의 영웅인 레이너 중령을 어떻게 보고 그런 소리를 하는 겁니까?"

아레스 왕자가 발끈하여 소리지르자 조나한 백작은 어깨를 으쓱거리며 말했다.

"그렇다는 거지요. 말이야 바른 말이지 레이너 경 같은 인재는 우리 로크 제국 정도는 되어야 제대로 키워줄 수 있지 않겠습니까? 락토르 왕국에서는 레이너 경의 가문이 겨우 남작이라지요? 허허! 저런 인재가 있는 가문을 박대하는 락토르 왕국이 할 말은 아니지 않습니까?"

"뭐요? 이이……."

아레스 왕자는 조나한 백작이 한 말에 분기를 삼켜야 했다.

그가 알기로도 레이너 가문은 한 때 락토르 왕국의 공신가문으로 공작까지 올랐던 가문이었다.

그런 가문이 지금은 몰락하기 직전의 남작가에 불과했으니 조나한 백작이 한 말에 반박하기가 곤궁한 입장이었다.

'저 마동포도 그렇고 이안 레이너를 제국으로 데리고 간다

면… 제국에 아주 큰 도움이 되겠어. 그게 안 된다면… 락토르 내에서 스스로 처리하게 만들어야지.'

조나한의 생각은 바로 락토르 왕국 내부에서 이안을 죽이도록 하는 차도살인지계였다.

제국에서 스카웃을 하려고 하는 젊은 인재가 드워프들과 연결되어 있는 것을 권력자의 입장에서는 탐탁지 않게 생각할 것이다.

그것을 이용하여 서로 죽이게 만들기 위해 인재 운운하며 이안을 추켜세웠다.

"게다가 우리 로크 제국과 락토르 왕국은 동맹관계인 나라지 않습니까. 우리 로크 제국이 강성해야 저 무도한 체이스 제국 놈들을 견제해 줄 수 있는 것이고 말입니다. 잘난 아들이 형님 가문에서 일을 한다고 해서 아우 집안이 손해 볼 일은 없을 거라 생각되는군요."

"으음… 그렇다고 해도 안 되는 거는 안 되는 겁니다. 레이너 중령의 생각은 어떻소?"

"저는 왕국을 위해 싸울 뿐입니다. 지금도 그렇고 앞으로도 마찬가지일 겁니다."

"그것 보십시오. 이안 레이너 경은 역시 우리 락토르의 충직한 기사입니다. 하하하!"

아레스는 이안의 다짐 어린 말에 보라는 듯이 그의 어깨를 두드리며 조나한을 응시했다.

'지금이야 그렇겠지. 하지만 계속해서 내가 한 말이 떠오르게 될 거다. 그리고 언제가 될지 몰라도 의심이 드는 그 순간… 네놈들은 저 이안 레이너라는 기사를 버리게 되겠지. 흐흐흐!'

조나한은 자신이 할 수 있는 모든 것은 다 했다는 생각에 더는 이안에 대한 것을 말하지 않았다.

"좋습니다. 이안 레이너 경이 락토르의 기사이자 군인이니 50%의 점유권을 인정하겠습니다. 대신 우리 로크 제국에서 가져갈 양은 30%로 하겠습니다. 그것을 락토르 왕국에서 도와주어야 할 것입니다. 그렇게 하시겠습니까?"

자신들의 몫은 챙기는 조나한 백작이었고 이를 통해서 체이스 제국과 싸우는 것에 락토르도 빠지지 못하게 하려는 수작이었다.

"내 생각 같아서는 그 지분도 주고 싶지 않습니다만… 아무튼 체이스 제국의 조사단이 오면 최대한 로크 제국을 돕도록 하겠습니다. 조나한 백작!"

"하하하! 감사합니다, 왕자 저하. 이제야 제 면이 서겠습니다그려. 하하하하!"

조나한은 아레스 왕자의 말에 화끈하게 웃음을 터뜨리며 만족했다.

어차피 30%의 지분만 챙겨도 자신이 할 일은 모두 한 셈이었고 이번 일을 계기로 체이스와 락토르가 한바탕 드잡이질을 하게 된다면 그보다 더 좋을 수는 없을 것이었다.

'괘씸한 놈들… 나를 죽이려고 수를 썼다 이거렷다!'

이안은 조나한 백작이 왕자인 아레스 앞에서 스카웃을 운운한 것이 차도살인을 위한 계책임을 간파했다.

그래서 일부러 충직한 기사의 흉내를 내며 아레스를 달래 놨었다.

그러나 이대로 둔다면 언젠가는 의심의 골은 깊어질 것이고 그것이 자신의 발목을 잡을 것이었다.

'일단 마르틴 백작을 끌어오는 것이 먼저다.'

지금 드워프 마을의 앞쪽은 로크 제국의 기간트와 호위 병력들, 그리고 아레스 왕자와 그를 호위하는 병력이 가득 들어찬 상태였다.

그중 이안의 생각대로 아이언핸드가 자리를 배정하여 서남쪽에 로크 제국의 사람들이 있었다.

'어디쯤 있을지가 관건인데…….'

이안은 북서쪽 절벽을 향해 달렸다. 드워프의 영역이 되어버린 곳이라 깨끗하게 정리된 탓에 몬스터는 찾아보기도 어려웠다.

쾅! 콰쾅! 콰직!

달려가는 도중에 멀리서 느껴지는 타격 음에 이안은 발걸음을 멈췄다.

얼른 주위의 나무로 몸을 숨기며 마나를 갈무리한 후 소리가 난 쪽을 살폈다.

"이글 아이!"

너무 먼 탓도 있지만 밤이라 시야가 제한되는 탓에 마법으로 시력을 증폭시켰다.

'어라! 저것들 좀 보게……'

이안의 눈에 들어 온 것은 절벽을 깎아내고 있는 기간트였다.

500미터에 이르는 절벽을 내려올 방법이 없어서 절벽의 내려오며 사선으로 길을 내고 있는 것으로 보였다.

'헐! 아무리 군인이라지만 저것은 좀 심했다.'

까라면 까야 하는 것이 군인이고 명령에 죽고 사는 인생이라지만 500미터에 이르는 절벽을 깎아가며 기간트가 움직일 길을 만든다는 것은 미친 짓이라는 소리가 절로 나왔다.

'하루 만에 저런 길을 만들어 냈다는 소린가? 기간트로 하면 빠르게 만들었겠지만… 라이더들의 피로가 극에 달했겠군.'

기간트는 마나 코어의 마나로 움직이는 것이라 라이더의

마나를 소모할 일은 없었다.

그러나 의지로 조종을 하는 것이기에 그 정신적인 피로는 타면 탈수록 쌓이게 되어 있었다.

ー조심해라! 기간트를 한 대라도 잃으면 그 타격이 만만치 않으니까.

마르틴 백작이 나서서 직접 길을 만드는 작업을 진두지휘하고 있었다.

위쪽에서 경사면을 타고 내려진 강철 와이어에 연결된 끝을 잡고 버티는 기간트가 그의 아르고였다.

'곧 작업이 끝나겠군. 도대체 얼마나 길을 만드는 작업을 했을지 모르겠어.'

부웅! 콰앙! 콰드드등!

강철로 만들어진 기간트의 거검이 암석을 쪼개고 옆으로 치우는 작업이 빠르게 반복되었다.

그럴수록 경사진 길은 점점 아래로 내려오고 곧 기간트들이 내려설 수 있을 정도의 높이까지 내려올 수 있어 보였다.

'그럼 나도 준비를 좀 해볼까……'

이안은 아공간 가방에서 마동포를 꺼냈다.

저들을 격동시키려면 기간트가 아닌 저들이 만드는 길에 대해 포격을 가하는 것이 낫다는 판단 하에 마동포 5대를 일렬로 늘어놓았다.

'후후! 한번 맛 좀 보려무나.'

이안은 마동포에 철환을 끼워 넣고 마력이 모일 때까지 기다렸다.

"발사!"

후웅! 콰앙! 콰쾅!

연속적으로 발사되는 마동포의 철환이 절벽을 깎는 작업에 몰두하는 기간트들 바로 옆으로 날아갔다.

기간트를 부수려고 하는 것이 아닌 작업을 방해하려고 하는 목적임을 다분히 드러내는 포격이었다.

—적이다! 방어 태세!

마르틴 백작은 갑작스런 포격에 놀라 외쳤다.

그러나 기간트들은 자신들에게 쏘는 것이 아니라는 것을 알았는지 작업을 멈춘 채 포격이 날아든 곳을 노려보기만 했다.

퍼엉! 콰드드등!

암석을 부수고 들어가는 철환으로 인해 꽤 많은 파편이 튀어 기간트로 쏟아져 내렸다.

개중에는 조준이 엉망인 것도 있어서 절벽 중간에 포격이 이루어진 곳에서는 커다란 바위가 위험천만하게 떨어져 내리는 곳도 있었다.

'으득… 절벽을 깎는 것을 용납할 수 없다는 것인가?

마르틴 백작은 포격이 드워프들에 의해서 이루어졌다고 판단했다.

한 번에 다섯 발의 포탄이 날아든 것을 보면 드워프의 경고인 셈이었다.

'두고 보자. 어떤 반응을 보이나.'

마르틴 백작은 드워프의 반응을 더 볼 생각으로 작업의 속개를 지시했다.

─작업을 계속하라!

─명!

블루소드의 기간트 라이더들은 마르틴 백작의 명령에 충실히 따랐다. 기간트용 병기를 휘둘러 다시 절벽을 깎고 그것을 그대로 옆으로 밀어내는 반복 작업에 매진했다.

"훗! 신경 안 쓰겠다 이건가?"

이안은 철환을 소모한 마동포에 다시 철환을 채워 넣고 난 후 마나가 모이기를 기다렸다.

마나석의 마나가 마법진에 채워지는 것에 걸리는 시간이 문제였다.

'이것만 해결하면 마동포로 기간트 부대를 쓸어버리는 것도 가능할 텐데 말이야.'

기간트가 전장에서 무적에 가까운 힘을 발휘하는 이유가 바로 대적할 무기가 마땅치 않다는 점에 있었다.

마스터나 마도사급의 존재가 강력한 힘으로 기간트를 부술 수는 있지만 그런 존재가 흔한 것은 아니지 않던가.

'다시 한 번!'

이안은 재차 포격을 가했다. 이번에는 약간의 각을 조종하여 기간트에 최대한 가까운 곳으로 쏘아내었다.

콰앙! 콰콰콰쾅!

포탄이 날아와 박힌 곳이 기간트에 바로 옆이나 위쪽이었기에 마르틴 백작은 바짝 화가 치밀어 올랐다.

―이 난쟁이 드워프 새끼들이 감히… 작업의 속도를 올려라! 오늘 밤이 가기 전에 드워프 마을을 지워버린다!

―명!

기간트들은 마르틴 백작의 분노에 더해 자신들이 위협을 받았다는 것에 대한 분노를 실어 절벽에 칼질을 해댔다.

―조금만 더 깎으면 된다. 조금만 더!

마르틴 백작의 외침에 기간트의 칼질이 점점 더 속도를 끌어 올리고 적어도 30분 정도면 기간트들이 내려올 수 있는 높이까지 길을 낼 수 있어 보였다.

'훗! 그 정도 시간이면 충분하지.'

이안은 마동포를 아공간 가방에 쓸어 넣고 재빨리 로크 제국의 조사단이 머물고 있는 곳으로 달려갔다.

"진짜 레이첼 님에게 고마워해야겠군."

아공간 가방이 아니었다면 이런 작전을 써먹을 수 없었을 것이었다.

마동포 5문과 기사들에게 빼앗은 라페스트를 몰래 가지고 움직일 수 있어야 할 수 있는 일이기 때문이었다.

"라페스트 소환!"

로크 제국의 주둔지 바로 근처에서 라페스트를 소환한 이안은 곧바로 미리 계약을 해둔 마스터 인증키를 가지고 탑승했다.

"라페스트 탑승!"

후웅! 스팟!

이안의 몸은 마법진에 의해 라페스트의 동체 안에 있는 조종석으로 이동했다.

몸에 딱 맞춘 것 같은 라페스트의 조종석은 무척이나 편안하고 라이더의 편의에 맞춰 제작한 것이 좋았다.

'이것이 기술력의 차이겠지. 제국과 왕국… 별 거 아니라고 생각할지는 모르지만 이런 것이 모여서 그 차이가 벌어지는 것일 거다.'

이안은 라페스트를 타고 나서야 기간트의 기술 차이가 있다는 것을 느낄 수 있었다.

기잉! 철컹! 기잉! 철컹…….

이안이 탄 라페스트가 천천히 나무를 쓰러트리며 로크 제국의 주둔지로 접근했다.

당연히 기간트의 등장으로 난리가 난 로크 제국의 기사들은 급히 무장을 한 채 달려 나왔다.

"적의 기간트다! 어서 카린 후작 각하께 알려라. 어서!"

"충!"

병사들이 카린을 깨우기 위해 달려갈 때 이미 적 기간트의 접근을 알고 나타난 카린이 자신의 기간트에 탑승하고 있었다.

"모든 라이더들은 기간트에 탑승하도록!"

카린 후작이 기간트에 올라타고 다른 라이더들도 속속 기간트에 오르자 적국의 기간트인 라페스트가 나타난 곳으로 몰려들었다.

ㅡ고속기동으로 놈을 잡는다. 고속기동!

ㅡ명!

슈바르츠발트가 선두에서 거의 뛰는 식으로 이동했다.

고속기동으로 기간트들이 내달리자 쿵쾅거리는 울림이 늦은 밤의 헬카이드의 배꼽을 뒤흔들었다.

'오는군… 근데 빠르네.'

다른 라이더들이 고속기동으로 이동하는 것을 이안은 처음으로 보았다.

지난번 마르틴 백작이 왔던 것과는 비교도 할 수 없는 이동으로 고속기동에 따른 진형도 엿볼 수 있었다.

'이제 남은 것은 안 잡히고 가는 것인가? 후후!'

이안은 슈바르츠발트를 탄 카린 후작과 그 부하들이 오는 것에 최대한 빠르게 기간트를 움직였다.

'가자, 마르틴 백작이 오고 있을 그곳으로!'

이안이 도주하자 체이스 제국의 기간트임을 확인한 카린 후작은 더욱 속도를 높였다.

—잡아라! 놈이 혼자인 것을 보며 척후가 분명하다!

—명!

앞을 가로막는 작은 나무는 그대로 깔아뭉개며 달리는 이 안은 동화율 92%에 이르는 라이딩 실력을 유감없이 발휘했다.

—호오! 속도를 올려? 어디 한 번 보자!

자신이 고속기동을 하는 것과 비교해서 절대 뒤지지 않는 속도로 움직이는 것에 카린 후작이 호승심을 드러냈다.

라페스트는 중장갑을 채용한 기간트로 절대 경장갑을 가 진 로크 제국의 기간트를 따돌릴 수 없었다.

특히 자신의 슈바르츠발트를 따돌릴 기체는 없다고 자부 하던 터였다.

—놓치지 않겠다!

카린 후작은 더욱 열을 올리며 고속기동에 나섰다.

다른 기간트 라이더들이 따라오기 힘들 정도로 스피드를 올린 탓에 조금씩 쳐지기 시작했다.

—늦다! 속도를 더 올려라!

—며, 명!

라이더들의 힘겨워하는 목소리가 마법에 의해 들려옴에도 카린 후작은 눈에 불을 켜고 이안의 뒤를 쫓았다.

'조금만 더 가서 빠져야겠군.'

미친 듯이 달려오고 있는 카린 후작의 슈바르츠발트와의 거리는 대략 600여 미터 정도였다.

남은 절벽까지의 거리는 2km남짓으로 그 중간 지점에서 빠지는 것이 두 세력이 충돌하게 만들기에 딱이었다.

'좋아! 여기서 빠진다!'

이안은 서둘러 탑승을 해제하기 위해 가장 큰 나무의 뒤로 움직였다.

"탑승 해제!"

—탑승 해제합니다, 마스터!

후웅! 스팟!

순식간에 마법진에 의해서 바깥으로 나온 이안은 급히 아공간 가방을 꺼내 라페스트를 집어넣었다.

"라페스트 입고!"

소리가 끝나기 무섭게 아공간 가방으로 사라지자 이안은

카린 후작의 기간트가 달려오고 있는 것을 확인한 후 자리를 피했다.

―백작님, 적 기간트가 접근하고 있습니다. 그것도 고속기동으로 다가옵니다!

절벽에서 거의 작업을 끝내고 기진맥진해 있던 마르틴 백작의 부하들은 기간트의 파노라마 사이트로 1km까지 접근한 카린 후작의 기간트를 발견하고 소리를 질렀다.

―으득! 나는 체이스 제국의 최강 라이던 부대인 블루소드… 그대들의 정신력을 믿는다. 전원 전투 대형으로!

―충!

마르틴 백작의 기간트가 만들어진 비탈길을 내려오며 외치고 남은 기간트들도 절벽 아래로 내려섰다.

그들은 방어에 유리한 1자 대형으로 서며 고속기동으로 달려오고 있는 적 기간트에 맞설 준비를 갖췄다.

―체이스 제국의 기간트들입니다. 후작 각하!

―알고 있다……. 비겁한 놈들 함정을 파다니. 일단 정지!

―명!

로크 제국의 기간트들이 고속기동을 멈추고 역 다이아몬드 대형으로 늘어섰다.

―난 로크 제국의 카린 후작이다! 네놈들은 무슨 억하심정

으로 우리를 공격하려는 것이냐!

─뭐라? 네놈들이 먼저 고속기동으로 공격하려 하지 않았느냐! 적반하장도 유분수지! 역시 로크 제국의 개 같은 매너가 어디 가겠느냐!

마르틴 백작은 로크의 기간트들이 고속기동으로 달려온 것을 보고 자신들을 급습하려 한 것이라 생각했다.

반면에 카린 후작은 자신들을 유인하여 몰살시키려 한 것이라 생각하니 말이 이어질리 없었다.

거기다 두 사람의 호승심과 전투에 대한 끝없는 갈망이 그런 이유를 깊게 따져 볼 여유조차 주지 않았다.

─감히 대로크 제국을 비하하다니! 네놈을 용서할 수 없구나! 고블린 좆만도 못한 놈들을 쓸어버려라! 교전을 허락한다!

─우오오오오오! 로크의 개들을 쓸어버려라!

─공격하라! 체이스의 개망나니들을 죽여라!

두 기간트 부대는 불타오르는 전의를 발산하며 그대로 맞부딪쳐갔다.

─차지어택!

콰콰콰콱! 콰앙!

역 다이아몬드 대형을 유지한 채 밀려들어가는 로크 제국의 기간트들에게 일자진형의 체이스 제국의 기간트가 몸통

공격을 가했다.

중장갑에 기반을 둔 체이스 제국의 기간트는 되도록 직접 맞부딪히는 것을 전투 방식으로 삼았다.

―회피기동! 렌스 피어싱!

유기적으로 회피하며 긴 장병기를 사용하는 로크 제국의 기간트들이 긴 렌스를 찔러 넣었다.

성난 들소처럼 달려드는 자들과 빠른 기동력을 바탕으로 유유히 빠져나가며 렌스 공격을 가하는 투우사의 전투와 비슷한 양상을 나타났다.

―각개전투에 들어간다. 카린 후작은 내가 맡는다!

마르틴 백작이 슈바르츠발트를 타고 있는 카린 후작을 향해 강렬한 투기를 발산하며 다가갔다.

―흐흐흐! 한 번쯤 그대와 겨뤄보고 싶었지. 누가 더 우위 인지 떠드는 놈들에게 내가 최고라는 것을 보여줄 생각이었 거든.

―로크에 늙은 사냥꾼이 있다고 들었지. 다 늙어가지고 활 이나 제대로 쏠 수 있을지 모르겠군. 크크크!

마르틴 백작의 비아냥거리는 말에 카린 후작은 말 대신 빠르게 쇄도에 이은 렌스 공격으로 응수했다.

아래에서 쓸어 올리듯이 밀어 넣는 카린 후작의 공세에 두꺼운 강철 방패로 막아내며 오히려 방패차지로 그 공격을 밀어냈다.

콰앙! 끼기기긱!

방패에 막힌 강철 렌스가 밀리며 귀청을 거북하게 만드는 소음을 만들어냈다.

—흐랏!

발군의 기간트 라이딩을 선보이며 반 바퀴 동체를 회전시키며 팔치온을 쳐냈다.

—어림없는 수작!

오른 다리를 축으로 역시 반회전하며 그 공격을 흘리며 렌스의 창대로 후리는 동작이 빠르게 이루어졌다.

보통의 라이더들이 낼 수 있는 속도보다 족히 반 박자 정도 빠른 공방이 두 라이어에 의해 펼쳐졌다.

속도와 힘을 중시하는 두 기간트의 특성을 고스란히 보여주는 그 공방에 멀리서 지켜보는 이안의 입이 다물어질 줄 몰랐다.

'대단하다… 저런 움직임이 가능하다니……'

자신이 마음먹으면 비슷하게는 할 수 있을지도 몰랐다. 하지만 저렇게 현란한 풋워크를 이용하여 치고받는 것은 신세계를 경험하는 듯했다.

'저게 동화율 95%의 힘이겠지?'

아직 자신이 낼 수 있는 최고의 동화율은 92%였다.

90% 이상의 동화율을 지닌 라이더를 상급의 라이더로 칭하는데 라이딩 마스터로 불리는 이는 98%까지 동화율을 기록했다는 소리를 들었었다.

'카린 후작… 1%만 올리면 마스터로 불리는 존재라더니… 역시 대단하다. 기간트로 인간의 움직임을 거의 똑같이 재현해 내다니.'

너무도 배울 것이 많은 전투였다.

이전까지 한 번도 겪어보지 못했던 것을 보는 탓에 이안은 점점 더 라이딩에 대한 새로운 경지를 개척해 보고 싶다는 욕망에 불타올랐다.

'다른 놈들은… 역시 집단전은 로크 제국이 조금 더 앞서는구나……'

다른 이들의 기간트전은 두셋씩 짝을 이루어 싸우는 형태로 이루어졌다. 빠른 속도를 자랑하는 로크 제국의 기간트가 조금은 더 유리한 형국이었지만 그 우세의 차이는 극히 미미한 수준이었다.

콰직! 콰아앙!

한 대의 로크 제국 기간트가 체이스 제국 기간트에 렌스를 찔러 넣은 순간 옆에 있던 다른 적 기간트의 팔치온에 의해 머리 부분이 잘려 날아갔다. 물고 물리는 싸움이 이어지는 가운데 벌써 절반에 가까운 기간트들이 파괴된 채 쓰러져 있었다.

'이쯤해서 애들을 끌고 오는 게 좋겠군.'

싸움을 붙이는 것보다 중요한 것이 싸움을 끝내게 하는 거였다.

자신이 친구들을 데리고 돌아올 때 정도면 블루소드와 카린 후작의 부하들을 동귀어진을 했을 것이고 남는 것은 저 두 괴물뿐일 것이었다.

4장

말로 할 때 돈지?

이안이 두 세력 간의 싸움을 붙여놓고 돌아오는 사이 드워프 마을에는 난리가 일어났다.

먼 곳에서 일어난 기간트들 간의 충돌로 발생한 소음이 헬카이드의 배꼽 전 지역을 깨운 탓이었다.

"무슨 일이 벌어진 건지 아냐?"

"애들 말로는 갑자기 로크 제국의 기간트들이 대거 출동했다는데 무슨 상황인지는 모른다고 하더라."

토리와 맥컬리는 서북쪽에서 밤을 깨우는 굉음이 로크 제국과 누군가의 기간트가 싸우고 있다는 것을 알았다.

단지 그것이 로크 제국만의 문제인지 아니면 아직 이 자리에 나타나지 않은 체이스 제국의 기간트도 함께 엮인 일인지에 대한 걱정을 토로하는 거였다.

파파파파팟!

누군가 무섭도록 빠른 속도로 숲을 가로질러 오는 것에 맥컬리와 토리는 검을 뽑아들고 손을 들어 올렸다.

적의 기습일지도 모르니 경계하라는 그 신호에 다른 친구들과 병사들도 자세를 낮추며 무기를 쥔 손에 힘을 주었다.

"나다."

"응? 이안이냐?"

"그래. 다들 나와 있는 거냐?"

"저 난리가 났는데 자고 있으면 그게 이상한 거지."

"하긴 그건 그렇겠다."

맥컬리와 이안의 대화에 다른 사람들은 무기를 도로 거두며 다가왔다.

특히 근위기사들의 호위를 받고 있는 아레스 왕자와 이실리스 후작이 다른 이들을 제치고 이안에게 접근했다.

"이안 중령, 이게 어찌된 상황인지 아는가?"

이실리스 후작의 물음에 이안은 살짝 고개를 끄덕이며 안다는 대답을 해주었다.

"말해보게. 어떤 상황인지는 알아야 대처를 할 게 아닌가."

"카린 후작각하와 마르틴 백작이 맞붙었습니다. 무슨 일인지는 잘 아시리라 믿습니다."

"아… 그런 일을 진행하려면 미리 이야기라도 해주지 그랬나. 자다 말고 무슨 일이 벌어졌는지 몰라서 한참 걱정했잖은가."

"죄송합니다. 오늘밤에는 일을 진행시킬 시간이 없었습니다."

"그렇겠지. 내 생각에도 그러하니 말일세."

이실리스 후작도 이안의 생각에 동의했었다.

그래서 체이스 제국의 기간트인 라페스트의 마스터 인증 마법의 락을 해제해 준 것이었다.

"한창 싸우는 중인 거 같은데 이제 어떻게 할 생각인가?"

이실리스 후작의 물음에 이안이 왕자인 아레스를 보며 말했다.

"왕자 저하께서 한몫을 좀 해주시겠습니까? 상대도 감히 함부로 하지 못할 분이 계셔야 할 거 같아서 말입니다."

"내가 말인가?"

"그렇습니다. 저들의 싸움을 말리려면 저나 이실리스 후작 각하보다는 왕자 저하께서 나서시는 것이 저들이 준동하지 못할 것입니다."

왕자의 신분은 실로 대단한 위치라고 할 수 있었다.

제국에서도 공작급에 해당하는 위치이니 카린 후작도 함부로 싸울 생각은 하지 못할 것이었다.

"내가 필요한 일이라면 당연히 나서야겠지. 그래, 어떻게 하면 되겠나?"

아레스 왕자는 싸움이 벌어지고 있는 두 세력 간의 기간트전을 보고 싶다는 생각도 있었기에 흔쾌히 허락했다.

"저하, 싸우는 와중이라 들었습니다. 위험할 수도 있으니 다시 한 번 생각해 보시기를 바랍니다."

근위기사인 데이비슨은 왕자가 위험한 곳으로 가는 것에 마땅치 않은 표정이었다.

기간트의 싸움에 기간트 없이 맨몸으로 간다는 것은 자살하러 가는 것과 다를 바가 없다는 생각에서였다.

"왕자 저하의 안위는 걱정하실 필요 없습니다. 요새에 있는 쥘베른과 샤베른을 최소한의 방어에 필요한 것을 빼놓고 모두 옮겨놓은 상태입니다."

"하지만 그것들로 저들의 기간트를 막을 수 있다고 보는가?"

데이비슨은 이안의 무례를 여전히 잊지 않았는지 조금 격한 반응을 드러냈다.

"드워프 전사들의 샤베른과 마동포도 가지고 갈 것이니 오히려 적들이 걱정해야 할 문제 같군요."

"아아! 되었네. 위험을 감수하지 않고 무언가를 얻으려 한다면 그것이야말로 욕심 많은 오크들이나 할 짓이겠지. 가세."

"예, 저하."

이안은 벌레 씹은 표정으로 변해버린 데이비슨을 젖혀두고 아레스 왕자를 모시고 친구들에게 갔다.

이미 언질을 주었던 아이언핸드가 드워프 전사들과 몇 대의 샤베른을 급히 개조하여 만든 마동포를 탑재한 녀석들을 끌고 왔다.

'훗! 역시 드워프들의 실력은 최고라고 해야겠어. 그 빠듯한 시간에 4대의 샤베른을 개조해내다니… 조금만 더 손을 본다면 대단한 무기가 나올 수 있겠어.'

샤베른은 인간형 기간트의 상체에 아래쪽은 다리 6개로 움직이는 곤충의 형태를 갖춘 기체였다.

이동에 필요한 안정성은 더 올라가지만 직접적인 전투에는 그다지 효율성이 뛰어난 기체는 아니었다.

'다리가 6개라 마동포를 탑재했을 때 훨씬 더 효율성이 뛰어나게 됐으니 전화위복이라고 해야 하나?'

점점 진화하여 최강의 병기로 바뀌어갈 마동포 탑재 샤베른을 상상하며 이안이 출전신호를 보내려할 때였다.

"이안 중령!"

"예, 저하!"

"저것은 샤베른에 마동포를 탑재한 병기로 보이는데 도대체 누가 만든 것인지 혹 알고 있는가?"

"드워프 장인들이 만든 것으로 압니다. 대강의 구조는 저도 알고는 있습니다만 정확한 것은 모르고 있습니다."

"그런가? 정말 대단해 보이는 병기로군."

인간형의 상체의 양팔에는 무기 대신 방패가 들렸다. 그리고 가운데 길게 뻗어 나온 포신은 금방이라도 그 무서운 철환을 토해낼 것만 같았다.

'조종하는 곳은 뒤쪽에 있는 것은 같은데 포를 쏘는 것은 어떻게 할 생각인 거지?'

이안은 아이언핸드가 샤베른에 마동포를 탑재하겠다고 한 것만 기억했다.

나머지는 그가 드워프 장인들과 전적으로 알아서 하겠다고 했기에 그 뒤로 진행된 일은 알지 못했다.

"마동포를 탑재한 샤베른 4기면 제아무리 나이트급의 기간트라 해도 함부로 나서지 못할 겁니다. 근거리에서 발사되는 마동포를 막을 수는 없을 테니까요."

"하긴 그렇겠군. 그럼 나는 어디에 타면 되는 것인가?"

"밀튼! 네가 수고 좀 해줘."

"알았다. 저와 함께 타시지요, 저하!"

밀튼은 친구 중에서 쥘베른을 받지 못했었다.

덕분에 샤베른을 가지고 있었는데 뒤쪽의 조종석에 왕자를 태우고 가는 영광을 누릴 수 있었다.

붕! 부웅! 쿠쿵! 콰앙!

렌스의 연속적인 찌르기 공격에 회피기동을 한 후 방패치기에 이은 팔치온의 강격으로 응수하는 두 괴물들의 싸움이 점입가경으로 치달았다.

이미 외장갑의 여러 곳에 상처가 난 것으로 보아 많은 공격을 상대에게 허용한 모습이었다.

─질긴 노인네… 후욱… 후욱…….

─크크크! 아직 멀었다. 나보고 늙은이라고 하기엔.

─미친 노인네로 바꿔줄까?

─그건 나쁘지 않구나. 미친 늙은이에게 어디 한 번 혼나보려무나. 타앗!

만신창이가 되어가는 두 나이트급 기간트를 모는 카린 후작과 마르틴 백작은 아주 정겨운 대화를 나누며 싸움을 지속했다.

남자는 자고로 싸우면서 친해지는 법이고 자신의 실력에 준하는 상대를 겪게 되면 뭔가 모를 동질감 같은 것을 느끼는 법이다.

그래서인지 둘은 싸우기 전보다 훨씬 친근한 대화를 나누며 서로를 죽이기 위한 살벌한 공격을 퍼부었다.

―카린 후작님! 저희가 돕겠습니다!

어느새 로크 제국의 기간트들은 전부 부서진 채 바닥을 구르고 있었다.

물론 남아 있는 체이스 제국의 기간트도 겨우 3기만 살아남았을 정도이니 공멸이라고 해도 될 정도의 피해를 서로에게 입은 것이었다.

―닥쳐라! 이것은 나의 싸움이다!

막 렌스를 휘둘러 방패공격을 쳐낸 카린 후작은 다가오려하는 기간트에게 버럭 소리를 질렀다.

부하들의 도움을 받는다면 쉽게 이기기는 하겠으나 자신의 자존심은 형편없이 무너져 내린다.

―크큭! 고양이 쥐 생각해 주는군.

―쥐라고 생각한다니 다행이군.

―아직 어림없는 소리야, 늙은이!

―그럴 거라 생각했지. 그럼 또 어울려 보자고!

―그거 좋지! 먼저 간닷!

두 사람의 싸움이 다시 이어지고 남은 3대의 기간트는 험난한 싸움을 겪은 탓에 이곳저곳이 망가진 채로 대기해야 했다.

―중지! 싸움을 멈추시오!

갑작스럽게 터져 나오는 마법확성 음에 바짝 긴장하여 소리가 난 방향을 막아섰다.

3대의 기간트가 막아선 곳으로 나타난 것은 마동포를 탑재한 샤베른을 비롯한 20여 기의 샤베른과 3기의 쥘베른이었다.

―멈춰라! 이곳은 체이스 제국과 본 로크 제국의 싸움터다. 다른 곳의 개입은 있을 수 없다!

제일 선임 라이더가 외치는 소리에 샤베른에 타고 있던 아레스 왕자가 나섰다.

"나는 락토르 왕국의 왕자 아레스다! 지금 귀관들이 싸우고 있는 이곳은 우리 락토르의 영역에 해당하는 곳이다. 당장 싸움을 멈추지 않는다면 무력으로 제압하겠다!"

당당하게 샤베른의 머리 위에 올라서서 외치는 아레스 왕자의 위엄 어린 언행에 체이스 제국의 기간트들이 움찔거렸다.

왕자의 좌우에 서 있는 샤베른은 별 거 아니라지만 그들이 탑재하고 있는 마동포의 시험 사격장면이 잔뜩 긴장하게 만든 것이었다.

기잉! 기기기깅!

샤베른에 탑재된 마동포가 살짝살짝 방향을 틀어 자신들

을 겨냥하는 것을 보면서 함부로 움직일 수도 없었다.

―아레스 왕자님, 이 싸움은 체이스 제국과 본 로크 제국의 싸움입니다. 그러니 끼어들지 말 것을 권합니다.

카린 후작의 노호성에도 아레스 왕자는 허리에 올려진 두 손을 내릴 생각도 하지 않고 코웃음을 쳤다.

"싸울 생각이라면 그대들의 영토에서 싸우시오. 이곳은 락토르의 영토요. 이것은 명백한 그대들의 주권 침해라는 것을 명심하도록 하시오!"

―이익… 하지만…….

뭔가 말을 하려고 하는 카린 후작을 향해 아레스 왕자는 말 대신 검을 뽑아들었다.

"락토르의 주권을 침해하는 적에게 자비란 없소. 사수 발포 준비!"

아레스 왕자는 마동포를 쏘던 시범을 기억하고 그에 맞춰서 명령을 내렸다.

그러자 샤베른에 장착된 마동포로 마나가 몰려들며 기음을 토해냈다.

―으득… 마르틴 백작!

―말하시오, 늙은 사냥꾼 양반.

―싸움은 다음으로 미루지. 상황이 좀 이상하게 되어버려서 말이야. 어떤가?

―호호! 나야 좋지 않겠소?

―크크크! 좋아, 그럼 다음에 다시 신나게 싸워보자고.

―좋소이다.

두 사람은 다음으로 싸움을 미루는 것에 동의하고 기간트에서 내렸다.

두 사람이 내리자 부서진 기간트에서 살아남은 자들이 속속 모습을 드러내며 모여들었다.

―어찌 되었나?

라펠러 공작의 물음에 고도의 정신력을 소모한 마르틴 백작은 하얗게 얼굴이 질린 상태로 대답했다.

"죄송합니다. 싸움은 아군의 패배입니다."

―패배? 블루소드 부대가 모두 당했다는 말인가?

"카린 후작의 슈바르츠발트와는 무승부였지만 대원들이 모두 패배한 탓에… 하지만 적 기간트도 16기가 완파되었으니 완전한 패배라고는 할 수 없습니다."

―이런… 16기… 16기란 말이지?

"그러합니다, 공작 전하!"

블루소드 부대의 기간트 18대가 완파되었지만 로크 제국의 기간트도 16기가 완파된 상황이었다.

대수는 2대가 많지만 엇비슷한 전투였기에 라펠러 공작도 더 이상의 질책은 하지 않았다.

―내 체면은 살았으니 다행이군. 그래, 그 이안 레이너라는 놈은 보았나?

"한 번 보기는 했지만 녹록해 보이는 놈은 아니었습니다. 하온데… 그보다는 눈길을 끄는 것이 있었습니다."

―자네의 눈길을 끄는 거라니, 그게 뭔가?

"로크 제국의 마동포를 기억하십니까?"

―당연히 알고 있네. 로크 제국의 요새를 뚫을 때 가장 골치를 썩이는 것이 마동포인데 그걸 모를 리가 있겠나.

"그 마동포가 이곳 드워프 마을에 있었습니다. 그것도 로크 제국의 마동포보다 몇 세대는 앞선 기술로 만들어진 것으로 보이는 것이었습니다."

―뭐라? 그게 정말인가?

"예, 전하! 소작이 어찌 거짓말을 고하겠습니까? 직접 맞아 보기까지 했는데 그 위력이 상당했습니다. 거기다 길이가 4미터가 채 안 되는 것 같은데 그 위력은 로크 제국의 마동포를 능가하는 것이었습니다."

―오오! 그것을 얻어낼 수 있겠는가? 그것을 얻어낼 수 있다면 내 무엇이든 지원을 해줄 것이야.

주군이 라펠러 공작의 들뜬 음성에 마르틴 백작은 자신의 생각을 이야기했다.

"그걸 얻어내려면 이안 레이너, 그자를 포섭해야 합니다."

─그놈을 포섭해야 한다고? 그 어린놈이 무어라고 포섭까지 해야 한다는 것인가?

"드워프 마을의 친구라고 합니다. 드워프들이 만든 마동포를 그자가 마음대로 사용하는 걸로 봐서는 뭔가 깊은 관계가 있음이 분명합니다."

─으음… 그렇다는 말이지……. 잠시 생각을 좀 해보세.

"기다리겠습니다."

마르틴 백작이 기다리는 동안 라펠러 공작은 심각한 표정으로 여러 번 수정구를 통해서 비쳐졌다.

─이번 일을 묻어줄 테니 최대한 마동포를 얻을 수 있는 방법을 알아내도록 하게. 그깟 락토르쯤이야 언제든 밀어버릴 수 있으니 상관없지만 체이스 놈들이 항상 문제였거든. 그 마동포만 얻어낼 수 있으면 상황은 순식간에 바뀐다는 것은 자네도 알 거고.

"물론입니다. 제 생각에도 마동포를 얻을 수 있다면 헥토르 후작을 버리더라도 이안 그자를 잡아야 할 것입니다."

─좋아. 구원은 잠시 묻어두도록 하고 최대한 이안 그자를 구슬리도록 하게. 자네에게 재량권을 부여하도록 하겠네.

"감사합니다, 전하! 결코 실망시켜드리지 않겠습니다."

─알았네, 내 자네의 건투를 빌겠네.

"예, 그럼 다음에 또 보고 드리도록 하겠습니다."

—수고하게. 통신 아웃!

후웅! 스팟!

수정구에서 불이 나가고 마르틴 백작은 몇 명밖에 남지 않은 블루소드의 대원들과 함께 드워프 마을로 향했다.

그곳에서 다시 벌어질 드워프 마을과 마나석 광산에 대한 협의에 참가해야 하기 때문이었다.

"흠흠! 일단 다시 협상을 해야 한다고 하니 강철의 모루 일족의 족장으로서 회의를 주재하고자 하오. 진행은 우리 일족의 친구이자 임시 요새의 사령관이 이안 레이너 경에게 맡기도록 하겠소이다. 이안 경?"

"회의의 진행을 맡은 이안 레이너 중령입니다. 본 락토르 왕국에서는 전권대사로 아레스 이왕자 저하께서 오셨습니다."

"아레스 폰 락토르요."

"로크 제국에서는 전권대사로 조나한 백작님이십니다."

"조나한 백작입니다."

"체이스 제국의 전권대사인 마르틴 백작님이십니다."

"마르틴 백작이오."

마르틴 백작은 전투의 후유증을 톡톡히 겪는지 말하는 것조차 짧았다.

"우선 이전에 있었던 본 락토르 왕국과 로크 제국의 협상 내용에 대해서 말씀드리겠습니다. 드워프 마을의 마나석은 모두 삼국에 수출될 것이며 지분을 획득한 양에 따라 나눠질 것입니다."

"동의하오."

"본 백작도 동의합니다."

아레스 왕자와 조나한 백작이 동의하자 이안은 마르틴 백작에게 시선을 돌렸다.

"마르틴 백작님께서도 동의하십니까?"

"그 부분은 동의하겠네."

"삼국이 모두 동의한 것으로 그 부분은 확정된 것으로 하겠습니다. 다음은 지분율에 관한 것입니다. 우선 마나석 광산이 락토르의 영토에 있는 관계로 락토르의 아레스 왕자님께서는 50%의 지분을 요구하셨고 로크 제국은 인정했습니다. 체이스 제국의 입장을 밝혀주십시오."

"50%라… 정확하게 말하자면 락토르의 영토가 아니라 헥토르 후작의 반란군이 점령한 지역이라고 해야 하지 않겠는가?"

"인정할 수 없다는 말씀이십니까?"

"당연하지 않겠나. 언제 헥토르 후작의 군대에 점령당할지 알 수 없는 곳에서 락토르의 지분을 50%까지 인정하라니…
하! 우스운 이야기라 생각하네만."

"헥토르 후작의 군대가 이곳을 점령할 수 있다고 생각하십
니까?"

"당연하네. 그가 마음만 먹는다면 소규모 저항군이 점령하
고 있는 자네의 요새는 부서질 것일세. 게다가 내가 이곳으로
내려오면서 보니 그 많다던 몬스터들도 상당히 없어진 상태
로 보이더군. 그러니 내가 내려온 방식으로 그들이 공격하지
않는다고 어찌 보장하겠나? 안 그런가?"

임시 요새가 있는 곳은 점령하기 어려운 구조이지만 이곳
은 헬카이드의 배꼽에 해당하는 500여 미터의 절벽만 내려올
수 있다면 상황이 완벽하게 달라진다.

양측 모두 평평한 평지에서 싸워야 하는 똑같은 조건이 주
어지기 때문이었다.

"오면 후회하는 것은 그들이 될 겁니다. 길을 만들 때마다
피해를 보는 것은 그들이 될 테니까요. 마동포 한 50문만 일
제히 갈겨대도 가능하다고 생각하는데 어떠십니까?"

"호오! 마동포가 50문이나 있다는 건가? 대단한 전력을 가
지고 있었구만."

마르틴 백작의 말에 이안은 그저 확언대신 웃기만 했고 아
레스 왕자와 조나한 백작의 얼굴이 미미한 변화를 보였다.

"기간트도 부수는 마동포입니다. 아무리 적중률이 낮다고 해도 일제사격으로 화망을 구성한다면… 이곳은 기간트 부대의 무덤이 될 겁니다. 백작님도 겪어보셨으니 아실 텐데요?"

"끄응… 그 때 그 마동포 공격이 제법 짜릿하기는 했지. 흐흐! 알겠네. 동의하도록 하지."

락토르 왕국의 50%에 달하는 지분을 인정하는 마르틴 백작은 여전히 말이 끝나지 않았다는 몸짓을 보인 후 말을 이었다.

"하지만 로그 제국과의 지분은 같아야 하네. 그것을 인정할 수 없다면 나 역시 락토르 왕국의 지분을 인정할 수 없네."

"끄응……."

도로 원점이 되어버린 상황인 것이다.

이안이 인상을 살짝 찌푸릴 때 마르틴 백작이 넌지시 본심을 털어놓았다.

"강철의 모루 일족에서 만든 마동포를 본국에 판다면 그 지분을 포기할 수도 있네. 어떤가? 마동포를 가지고 있는 로그 제국이야 상관없겠지만 아국은 생존이 걸린 문제라서 말일세."

"뭐요? 지금 마동포를 구입하겠다는 겁니까?"

"그렇소. 무슨 문제라도 있는 거요? 드워프 일족은 마동포를 팔아서 좋고 아국은 국방을 튼튼히 할 수 있어 좋고. 그야

말로 서로가 좋은 일인데 왜 체이스 제국에서 가타부타 하는 것이오?"

마르틴 백작이 귀를 후비며 입꼬리를 말고 통을 놓았다.

"절대 인정할 수 없소. 만약 마동포가 체이스 제국으로 넘어간다면 본국은 엄중히 그 책임을 물을 것이오."

"무슨 수로 묻겠다는 거요? 언제부터 드워프 일족이 인간들의 지시대로 따라야 하는 거지?"

"그것은… 절대 있을 수 없소. 그것만 명심하도록 하시오!"

조나한 백작의 극렬한 반대에 뒤에 버티고 있던 카린 후작도 이를 드러냈다.

"아국의 이익에 반대되는 사안이라면 무력을 투사하는 것도 불사할 것이오. 그 점을 염두에 두어야 할 거외다."

카린 후작이 말한 대상은 다름 아닌 아레스 왕자였다.

불편한 심기를 고스란히 드러내는 두 사람에게 아레스 왕자는 어깨만 으쓱거릴 뿐, 자신이 할 수 있는 일이 아무것도 없음을 표시했다.

"잠깐!"

아이언핸드가 자신들을 놓고 가타부타 말을 해대는 인간들에게 짜증이 섞인 목소리로 외치듯이 말했다.

그의 말에 두 제국의 대표는 입을 다물고 그에게로 시선을 모았다.

"마동포는 당분간 우리 일족의 안전과 우리 일족의 친구인 이안 경의 안전을 위해서만 사용할 것이오. 이렇게 우리를 공격하겠다고 나서는 인간들 틈바구니에서 최소한의 안전은 보장되어야 한다고 생각한 결정이니 그만들 하시기 바라겠소."

"흐음… 그렇다면 차라리 우리 제국에 보호를 요청하면 어떻겠습니까? 그럼 최우선적으로 기간트 전력을 급파하여 안전을 보장해 드리겠습니다."

마르틴 백작이 잘 되었다는 듯이 말하는 것에 안달이 난 것은 체이스 제국의 조나한 백작이었다.

"우리 제국도 마찬가지의 조건으로 제안을 하지요. 거기다 마동포의 시작이 우리 제국이니 양측이 협력하면 더욱 뛰어난 마동포를 만들어낼 수도 있지 않겠습니까?"

양제국의 발언을 들으면 끼어들 틈을 찾던 아레스 왕자는 입을 다물어야 했다.

그와 같은 조건을 내걸려면 두 제국과 맞서야 하는데 실제 전력으로 한 제국도 상대하지 못하니 그런 말을 해봐야 거짓말에 불과할 뿐이었다.

'약소국의 왕자라는 자리가 어떤 것인지 뼈저리게 느끼는 순간이겠군.'

이안은 두 제국의 대표들이 떠드는 것에는 그다지 관심이 없었다.

어차피 모든 것은 자신의 의견대로 흘러갈 것이고 그것은 지금 저들이 하는 말들에 드러나 있었다.

"잠시만 제 말을 들어주시기 바랍니다."

이안이 말을 꺼내자 모두가 그를 주목했다.

두 제국의 대표들 역시 드워프인 아이언핸드보다 이안이 더 중요한 인물로 보고 있었기에 그의 발언에 집중했다.

"제 생각으로 이 헬카이드의 배꼽은 드워프인 강철의 모루 일족이 소유한 것으로 인정했으면 합니다. 다들 동의하십니까?"

"흠… 마나석 광산을 소유한 것은 몰라도 땅까지 인정해달라는 말인가?"

마르틴 백작이 하는 말에 이안은 별 거 아니라는 투로 말했다.

"드워프분들은 오랜 시간 한곳에 머물다 광산이 마르면 다른 곳으로 옮겨가는 것으로 압니다. 아닙니까?"

"맞네."

"그렇다면 그동안만 한시적으로 강철의 모루 일족의 땅으로 인정해도 되는 거 아니겠습니까?"

자세히 살펴보면 함정은 존재했다.

그 광맥이라는 것이 얼마나 많은지, 또 오래갈 것인지에 따라 수백 년 또는 수천 년이 될 수도 있었다.

"그리고 결정적으로 한 가지가 있습니다. 바로 이 땅은 삼국이 모두 버린 땅이었다는 겁니다. 버린 땅을 내어주는 조건으로 강철의 모루 일족과 지속적인 교역과 협력관계를 유지할 수 있다면 조금 더 발전적인 일이 되지 않을까 합니다만."

"버린 땅이라……."

카린 후작은 버린 땅이라는 말에 수염을 쓰다듬었다. 생각해 보면 이제와서 억지를 부리는 것이라고도 할 수 있는 것이 로크 제국의 상황이었다.

헬카이드의 산맥을 경계로 하고 있지만 몬스터들의 준동 때문에 해마다 막기만 했지 이곳으로 들어온 적은 없었다.

"이곳에 드워프 일족의 영역을 인정한다고 해도 국경과는 거리도 떨어져 있으니 각국에 해가 되는 일도 없습니다. 아닙니까?"

이안이 설득하는 말을 듣는 아레스 왕자를 비롯한 대표들은 이해득실을 따져 보았다.

아레스 왕자는 무조건 드워프 일족을 인정하고 그들이 가지고 있는 기술과 마나석 광산의 수입을 받아들여야 할 입장이었다.

'손해는 아니지. 그렇다고 마동포를 얻지 못한다면 해줄 이유도 없는 것이고.'

마르틴 백작은 온통 마동포를 얻어낼 생각으로 그것과 연결해서 인정을 할지 말 것인지를 정하려 했다.

"그리고 마동포는 드워프 장인들의 역작으로 최소한의 수비에 필요한 물량을 제외하면 각국에 팔 수도 있을 겁니다. 굳이 한 나라에 국한된 것이 아니니 로크 제국의 반대를 제 짧은 소견으로는 인정하기가 어렵군요."

"그거야 아국이……."

"로크 제국에서도 사가시면 되는 문제 아닙니까? 팔지 못하게 하는 것은 조금 아니라고 보는데 말입니다."

"내 말이 그 말이라니까. 흐흐흐!"

마르틴 백작은 마동포를 수입할 수 있다면 굳이 드워프들의 영역에 대한 인정을 반대할 필요가 없었다.

이 작은 땅으로 아무것도 할 수 없는 데다가 삼국의 접경지역에 드워프의 영역이 생김으로서 완충 작용을 할 수도 있으니 누이 좋고 매부 좋은 결과였다.

"호오! 그러니까 대놓고 군비경쟁을 시키겠다 이거로구만? 안 그런가?"

"군비경쟁이 아니지요. 막말로 강철의 모루 일족이 만드는 마동포보다 더 좋은 무기를 만들어내시면 그만인 겁니다. 그만한 자신감도 없으신 겁니까?"

이안이 살짝 제국의 자존심을 건드렸다.

그만한 일도 해내지 못한다고 하면 제국이라고 목에 힘주고 살아온 저들이 자존심에 상처를 입게 될 판이었다.

"발전은 가둬두기만 하면 절대 있을 수 없습니다. 서로 경쟁하면서 상대방이 만드는 것보다 더 뛰어난 것을 만들어 내려고 하는 열의가 결합될 때 발전이 이루어지는 것이죠."

틀린 말이 아니었으니 당장 반박할 말도 없었다.

우리보다 뛰어난 무기를 타국에 팔지 못하게 하겠다고 으름장을 놓아봐야 제국이라는 이름에 상처를 받을 판이었다.

게다가 다른 두 나라가 인정하고 그들만 교역을 하게 된다면 당장 그 마동포가 자신들의 심장을 노릴 것만 같았다.

"어떻게 하는 것이 좋겠습니까?"

소나한 백작이 귓속말로 카린 후작에게 물었다. 그러자 카린 후작은 뭔가 생각하더니 이내 대답했다.

"그렇게 한다고 해. 어차피 마동포를 사다가 뜯어보면 우리 측 마법사들도 만들어 낼 수 있겠지."

단순한 생각이지만 지금 상황에서는 자신들만 고립되는 발언을 할 수만도 없었다.

"좋소. 우리 로크 제국은 이 헬카이드의 배꼽 지역을 드워프 일족, 강철의 모루 일족의 영역으로 인정하고 그들이 떠날 때까지 간섭하지 않겠소. 단! 마동포를 생산하면 각국에 균등하게 판매해야 할 것이오. 한 곳에만 판매한다는 것이 밝혀진다면… 그 대가를 치르게 될 거요. 인정하시겠소?"

"우리 체이스 제국 역시 로크 제국의 입장과 같소. 그런 조건으로 인정하겠다는 말이지."

"두 제국이 인정을 했으니 본국도 같은 조건으로 인정하도록 하리다."

세 사람의 대표가 모두 인정하자 이안은 희미한 미소를 머금은 채 고개를 끄덕거렸다.

'좋았어……. 이제 마음 놓고 이 땅을 자유도시로 만들 수 있겠구나.'

이안이 원한 결과보다 훨씬 더 좋은 상황이 된 것이었다. 강철의 모루 일족이 다른 곳으로 떠나지 않는 한 삼국은 이 땅을 그들의 땅으로 인정한 것이니 저들만 잘 보듬는다면 되는 문제였다.

"올! 이제 이 땅이 네 거가 되는 거냐?"

토리는 협상이 끝나고 모두가 자신들의 주둔지로 돌아간 후 이안을 보고 히죽거리며 말했다. 친구들도 이안과 드워프의 관계를 알고 있으니 실제 이 땅의 주인이 그가 된 것을 짐작하고 있었다.

"힘이 있으면 내 것일 테고… 그게 아니라면 뿌리까지 잃게 되겠지."

"그건 당연한 말이고. 그래, 이젠 어떻게 할 생각이냐?"

맥컬리의 물음에 이안은 빙긋 웃으며 대답했다.

"홋! 별 거 있냐. 우선 헥토르 그놈부터 박살 내야지. 이곳을 개발하는 것은 그 다음 이야기야."

"그런가? 하긴 헥토르 그 양반이 이 사실을 알면 기를 쓰고 빼앗으려고 들 테니까."

헥토르의 귀에 이 사실이 들어간다면 그는 무슨 수를 써서라도 헬카이드의 배꼽을 차지하려고 할 것이었다.

강철의 모루 일족을 모두 붙잡아서라도 마동포에 관한 것들을 빼앗아야 하기 때문이었다.

그것만 손에 쥔다면 바란에서 패한다고 해도 생존은 가능할 수도 있으니 말이었다.

"일단 내일부터 마동포를 임시 요새로 옮기는 작업부터 하자. 그리고 척후를 더 내보내야 하고."

"오! 드디어 우리 부대도 마동포를 가지게 되는 거냐? 그거 듣던 중에 반가운 소린데?"

"후후! 살아남으려면 어쩔 수 없는 일이지. 아마 마동포가 생기면 임시 요새를 직접 공격하지는 않을 거다."

이안의 말에 친구들은 조금은 편안해진 표정으로 앞날을

대비하려는 듯이 각기 생각에 잠겼다.

믿을 수 있는 친구들이 함께한다는 것은 막연한 미래에 대한 두려움도 잊게 하는 묘한 힘이 있었다.

5장

작위도 준다고? 고맙지, 뭐

아레스 왕자와 이실리스 후작은 이번 협상을 통해서 꽤 많은 것을 가지고 돌아갈 수 있게 되었다.

가장 큰 수확이라고 한다면 마나석의 50%를 드워프로부터 살 수 있게 된 것이었다.

하지만 그것이 눈에 보이는 수확이라고 한다면 눈에 안 보이는 수확은 마동포의 제작과 관련된 것이었다.

"수고 많았다. 아레스!"

락토르 국왕은 흐뭇한 얼굴로 아들인 아레스에게 칭찬을 말을 꺼냈다.

모여 있는 귀족들도 아레스 왕자가 끌어낸 협상 내용에 만족하는지 만면에 미소가 가득했다.

"이번에 이안 레이너 중령이 로크와 체이스 두 제국의 조사단을 상대로 협상을 이끌어 내는데 중요한 역할을 해냈사옵니다. 특히 마동포를 만든 강철의 모루 일족의 대변자로 나설 정도였사온데 그것이 아주 중요한 변수로 보였사옵니다."

"마동포? 그 로크 제국이 만든 수성병기를 말하는 것이더냐?"

"그렇사옵니다, 부왕 전하!"

여전히 락토르는 마동포를 수성병기로 여기는 시선이 강했다. 너무 크고 무거운 탓에 요새에서 사용하는 병기일 수밖에 없었기 때문이었다.

"그거야 그다지 효용성이 떨어지는 것으로 판명된 무기가 아니던가?"

"아니었사옵니다. 이번에 가서 본 마동포는 드워프 일족의 기술이 집약된 것으로 짧은 길이와 가벼운 무게를 가지고 있어 야전에서도 사용할 수 있도록 만들어진 것이옵니다. 특히 체이스 제국에서는 그 마동포만 사올 수 있다면 무엇이든 들어줄 것처럼 행동했사옵니다."

"그래? 오오! 그런 무기가 있단 말인가? 하면 이안 중령에게 마동포를 왕궁으로 진상하도록 명을 내려야겠구나."

"저도 그럴 생각으로 마동포를 달라고 했었지만 이안 중령은 난색을 표했사옵니다."

"뭣이? 왕자가 내어달라고 하는데도 거절을 했다는 말인가?"

"사실은 마동포를 만든 것은 드워프들이옵고 이안 중령은 그것을 드워프 마을의 보호를 위해서 사용하는 조건으로 빌려 쓰는 중이었사옵니다. 이안 중령의 임시 요새와 드워프 마을 간의 전략적 동맹에 근거한 것이라 했사옵니다."

"흐음… 그렇다면 이해 못할 것도 없겠구나. 그럼 어떻게 해야 마동포를 가지고 올 수 있겠느냐?"

"협상 내용에 나와 있사옵니다만 드워프 측과 교섭을 통해서 사들여야 하옵니다. 그리고 그 마동포를 분해해서 그 기술을 습득하는 것이 최선이라 사료되옵니다."

"그렇구나. 잠시만 기다리거라. 이실리스 후작!"

"예, 전하!"

"그대가 보기에도 그 마동포가 우리 군의 전력 증강에 도움이 될 거라 생각하는가?"

"그러하옵니다. 마동포 5대의 일제 사격이면 기간트 1대는 부술 수 있을 것으로 보였사옵니다. 하오니 수백 대의 마동포를 갖춘다면 기간트 전력이 부족한 아국의 입장에서는 반드시 필요한 전력이라 사료되옵니다."

"그래… 그렇구려……."

락토르 국왕은 아레스 왕자와 이실리스 후작의 보고를 토대로 머리를 굴렸다.

어떻게 하는 것이 락토르를 위해서 좋은 것인지 따져보자 한 번에 딱 하고 떠오르는 생각이 있었다.

'모든 열쇠는 이안 레이너… 그자가 쥐고 있겠군.'

국왕은 이안 레이너를 왕국에 충성을 다하는 초임 기사로 생각했다. 그 나이 때의 젊은 기사들은 누구나 가지고 있는 충성과 기사의 낭만 등을 부르짖을 때였다.

'조금만 더 띄워주고 왕국에 대한 충성심을 유도한다면 충분하겠지. 남작의 작위라도 하나 주면서 구슬리면 그런 어린 녀석 정도야…….'

락토르 국왕은 왕으로서 통치한 세월만 20여 년이 넘어가는 사람이었다.

그만큼 노회한 인물이었고 귀족들과의 아수라장 같은 싸움을 겪어냈었다.

"이안 레이너 중령이 드워프 일족의 친구로 그들의 대변인과 같은 역할을 한다니 아국의 이익을 위해서라도 최대한 대우를 해줘야겠구나. 그렇지 않겠느냐, 아레스?"

"제가 보기에도 그렇사옵니다. 마동포의 전술적 가치는 이실리스 후작님이 이야기한 대로 무척이나 중요한 것이옵니다. 하오니 그 연결고리인 이안 중령을 우대한다면 아국으로서는 최대한의 이익을 얻어낼 수 있을 것이옵니다."

"좋다. 하면 어떻게 우대를 해야 할까? 경들이 의견을 내보라."

국왕의 말에 귀족들은 입을 굳게 다물었다. 아직 어리디 어린 이안이 중령이라는 계급이라는 것도 마음에 들지 않는 그들이었다.

한데 그런 이안에게 더 어떤 대우를 해줘야 할 것인지 모르겠다는 표정들이었다.

"전하! 지금도 이안 레이너 중령의 계급이 너무 높다는 말들이 많사옵니다. 23살의 나이에 중령의 계급을 단 사람은 왕국의 창건 이래 단 한 명도 없었사옵니다. 충분히 우대를 해주고 있다는 것이 신의 생각이옵니다."

"단 한 사람도 없었다라… 진짜로 그러한가? 왕실 기록관은 고하라!"

"예, 전하!"

왕실 기록관은 왕실에서 일어나는 모든 일들을 기록하여 후대에 역사로 전하는 임무를 맡은 자들이었다.

국왕의 명이 떨어지자 기록관들은 밑에 일하는 관리들을 총동원하여 왕국 인명록을 뒤져야 했다.

"전하! 지금까지 이안 레이너 중령과 같은 사례가 총 3명이 있었사옵니다."

"3명이라… 그게 누구누구인가?"

"처음은 왕국 개국 초기의 인물로 디페이라 폰 버나드 후작이셨습니다."

"버나드 가문의 디페이라 후작인가? 하긴, 그러면 그럴 수도 있었겠구나. 다음은 누구인가?"

"다음은 피터 폰 오디네스 백작이었사옵니다. 마지막은 지금 반역을 일으킨 헥토르 후작이옵니다."

"끄응… 헥토르 후작… 내무성장!"

"예, 전하!"

"3명이나 전례가 있었다고 하는데 무엇이 문제인가?"

"그들은 모두 그 나이 때에 마스터의 반열에 오른 사람들이옵니다. 오디네스 백작은 7서클을 이룬 마도사급의 존재였고 말이옵니다."

"그런가? 그런데 이안 중령은 그들에 비해서 모자라다 이 말인가?"

"그렇사옵니다. 마스터급은 어디를 가더라도 백작의 작위와 영지를 하사받는 것이 기본적인 대우이옵니다. 하오니 앞서 말한 세 사람은 그만한 대우를 받을 자격을 갖추었다 할 것이옵니다."

"이안 중령은 그렇지 못하니 그럴 수 없다 이것인가?"

"그, 그렇사옵니다."

락토르 국왕의 강렬한 눈빛에 내무성장은 찔끔하여 고개를 숙였다.

지금은 국왕이 왕권 강화를 위해서 귀족들을 찍어 누르고 있는 시점이니 몸을 사리는 것이었다.

"부왕 전하!"

"말하라."

"이안 레이너 중령은 그만한 대우를 받을 자격을 갖춘 인재였사옵니다."

"자격을 갖추었다? 그래 어떤 자격을 갖추었는지 말해보거라."

"그는 최상급의 익스퍼트에 5서클을 이룬 마검사였사옵니다. 그만한 실력이라면 마스터급에 준하는 대우를 해주어야 하는 것이 아니온지요?"

"그게 정말이더냐?"

"사실이옵니다. 마나로드는 신이 직접 확인한 사실이옵고 최상급의 경지를 이룬 것은 데이비슨 경이 확인했사옵니다."

이실리스 후작이 한 말이 결정적인 증언이 되어버렸다.

왕국 최고의 마도사인 이실리스 후작의 말에 거짓 운운할 배짱 좋은 귀족은 없었던 것이다.

'오호라! 쓸 만한 인재로 여겼는데 알고 보니 대물이었다는 소리가 아닌가?

락토르 국왕은 왕실에 충성하는 젊은 인재가 등장한 것이 무엇보다 기뻤다.

"궁내부장은 이안 중령이 받을 수 있는 대우에 대해서 고하라!"

"최상급의 익스퍼트에 5서클을 이룬 마검사라면 마스터에 준하는 대우를 하는 것이 통례이옵니다. 하오니 백작의 작위에 영지를 하사하실 수 있사옵니다."

"그래? 마스터에 준하는 대우라… 그대들의 생각은 어떠한가?"

락토르 국왕이 이안에 대한 대우를 귀족들에게 다시 물었다. 그러자 이번에는 다른 이유로 곤란한 얼굴이 되어버린 귀족들이었다.

'과연 어찌할지 두고 보겠다. 왕실 직할령을 하사하자는 말을 꺼낸다면… 내 가만두지 않을 것이다.'

왕실직할령을 제외한 나머지 땅에서 영지로 하사할 만한 땅은 그리 많지 않았다.

대귀족들이 가지고 있는 땅 중에서 왕실에 상납하고 왕실은 그 땅을 사들이는 것으로 하는 것이 가장 좋은 방법 중에 하나였다.

물론 그게 불가능하다면 왕실의 직할령을 내려줄 수밖에

없을 것이었다.

"신 아이페르가 한 말씀 올려도 되겠사옵니까?"

다아크 폰 아이페르 공작은 중앙 귀족으로 오랜 세월 정치에 몸담고 있는 자였다. 이번에 국왕을 충동질하여 지방 귀족들의 군권을 몰수하게 만든 장본인이었다.

"재상이 말이오? 어디 어떤 고견인지 들어봅시다."

절대 군주정을 꿈꾸는 국왕마저도 대우를 해주는 다아크 공작이 앞으로 나섰다.

팔십에 달하는 나이 때문인지 얼굴에 주름이 가득했고 머리카락 역시 하얗게 세어 있었다.

검버섯이 얼굴에 여러 곳이 핀 것을 보면 죽을 날이 그리 멀지 않아 보였다.

"영지를 하사하는 것은 나중으로 미뤄도 될 것이옵니다."

"영지 하사를 나중으로 미루라?"

"그러하옵니다. 헥토르의 반란이 마무리되면 동북부의 영지가 비게 되오니 그곳을 영지로 하사해도 될 것이라 사료되옵니다. 하옵고 지금은 작위만 하사해 주어도 충분한 상황이지 않겠사옵니까?"

"하긴, 그 문제는 그렇게 처리하는 편이 좋겠구려. 재상의 의견대로 하리다."

"감읍할 따름이옵니다, 전하!"

다아크 공작이 머리를 숙이고 뒤로 물러나자 귀족들의 얼굴에 다시 여유가 생겨났다.

갑자기 하늘에서 뚝 떨어진 젊은 이안에게 자신들의 권리가 빼앗길까 염려했는데 그것이 해소되니 표정이 밝아진 것이었다.

"그렇다면 이실리스 후작이 수고를 좀 해주어야겠군. 이안 중령을 왕궁으로 소환하도록 하라. 그에게 내 직접 작위를 내리고 그 공을 치하하겠노라!"

"전하! 그것은 아니될 말씀이시옵니다!"

자신의 명령에 강경하게 반대하는 자를 본 락토르 국왕의 눈에 은은한 노기가 어렸다.

"이안 중령은 반란군의 배후에서 부대를 지휘하는 현장 지휘관이옵니다. 그런 그를 불러들이는 것은 자칫 명령체계에 문제를 야기할 수 있으니 소환을 하더라도 나중에 하는 것이 이치에 맞을 것이옵니다."

국방성장의 의견이 너무도 타당한 것에 국왕은 잠시 노기를 진정시키며 자신의 명을 거둬들였다.

"국방성장의 말이 옳다. 그럼 누가 가서 작위를 내려주면 되겠는데 누가 가겠는가?"

작위를 국왕 대신 하사할 수 있는 신분이면 적어도 내려지는 작위보다 한 등급 높은 사람이어야 했다.

"부왕 전하, 소자가 다시 가도록 하겠사옵니다."

"왕자가 말이더냐?"

국왕은 아레스 왕자가 다시 가겠다는 말을 꺼내자 약간 놀라는 투로 되물었다.

위험한 곳으로 총애하는 아들을 보내고 싶지 않은 마음이 컸던 탓이었다.

"제가 생각하기로 이안 레이너 중령의 능력도 능력이지만 드워프 마을이 가지고 있는 능력을 무조건 아국을 위해서 쓰게 해야 한다고 여기옵니다. 하오니 이번에 가서 그들과 친교를 두텁게 맺는 편이 유리할 것으로 판단했사옵니다."

"흐음… 드워프 부족과 친교를 두텁게 한다라… 나쁘지 않은 의견이다. 하면 지난번에 갔던 그대로 갈 생각이더냐?"

"아니옵니다. 이번에는 쥬페르 후작이 같이 가셨으면 하옵니다."

"쥬페르 후작을? 그는 제2 근위기사단의 단장으로 왕궁 방어에 중요한 인물임을 모르지는 않을 터. 그를 데리고 가려는 이유가 무엇이더냐?"

"이안 중령의 정확한 능력을 알고자 함이옵니다."

"그의 능력이라… 하긴 쥬페르 후작이 간다면 정확한 실력을 알 수 있겠지. 그리 하라."

"감사하옵니다, 부왕 전하!"

아레스 왕자가 극진한 예의를 표하자 그저 흐뭇한 미소를 짓는 국왕은 연신 고개를 끄덕이며 껄껄거렸다.

'제기랄… 감히 내가 누려야 할 것을… 으드득!'

아레스와 부왕의 모습을 심기 불편한 시선으로 쳐다보던 일왕자는 애써 고개를 돌리며 모든 원망을 이왕자인 아레스에게 돌렸다.

"밀튼! 더 들어 올려!"

끼깅! 기기깅!

강철 와이어에 묶인 마동포가 임시 요새에서 세 곳의 방어진지로 옮겨졌다.

그중 가장 많은 마동포가 놓인 곳은 중앙 방어진지로 다른 두 곳에 비해서 꽤 넓은 면적의 개활지가 존재했다.

투웅!

살짝 내려놓았음에도 그 무게 때문에 꽤 묵직한 소음을 내는 마동포를 보는 병사들의 눈은 뭔가 모를 뿌듯함으로 가득했다.

이전에 보았던 마동포의 위력을 생각하니 자신들의 생명줄이 조금은 더 길어졌다는 것이 그런 감정들을 느끼게 만들었다.

"다 된 거냐?"

밀튼은 샤베른의 조종석 해치를 열며 물었다. 그러자 이안은 총 16대의 마동포가 늘어선 것을 보고 흐뭇한 미소를 지은 채 대답했다.

"이 정도면 기간트가 아니라 그 할아비가 와도 끄떡없겠다. 후후후!"

"내가 라이더라고 해도 겁나서 못 오겠다, 야!"

밀튼은 자신이 샤베른을 몰고 이곳을 뚫을 생각을 하니 저절로 몸에 오한이 드는 느낌이었다.

16대의 마동포에서 쏟아지는 무시무시한 철환이 동시에 날아들어 샤베른이 날아가는 상상을 하니 그걸 실제로 당해야 할 적들이 오히려 불쌍하게 느껴졌다.

"일단 요새 정비는 이 정도면 될 거 같다. 나는 드워프 마을로 가서 그곳에서 해야 할 일이 있으니 요새는 너희들이 좀 맡아라."

"알았다. 비상사태가 벌어지면 바로 연락하마."

"그래. 수고 좀 해라."

밀튼과 티모시는 그간 요새와 드워프 마을 간의 빠른 연락 체계를 만들기 위해서 많은 노력을 했었다.

특히 정찰을 해야 하는 척후대와 관련된 물품까지 더해서 신호용 마법 스크롤을 이안에게 만들라고 성화를 부리기까지 했었다.

덕분에 무슨 일이 벌어지면 그 상황에 맞게 마법 스크롤이 찢어지며 하늘에 불꽃놀이가 수놓아질 것이었다.

징! 지잉! 징징!

갑작스런 마법 수정구의 울림에 이안은 드워프 마을로 가려다 말고 조용한 공간을 찾아 들어가야 했다.

"임시 요새의 이안 레이너입니다."

—이안 중령, 날세!

"아! 이실리스 후작 각하께서 어쩐 일이십니까?"

돌아간 지 하루 만에 다시 연락을 해왔으니 이안으로서는 그다지 반갑지 않은 통신 상대였다.

하지만 웃어야 했다. 웃는 얼굴에 먼저 시비를 거는 정상적인 사람은 없을 테니 말이었다.

—귀환하여 국왕 전하께 보고를 하는 자리에서 귀관에 대한 작위 하사가 결정되었네. 해서 아레스 왕자 저하께서 대리로 작위 하사를 위해 가게 되었네.

"네? 저한테 작위를 말입니까? 허… 하하… 이거 감사할 일이기는 합니다만……."

이안이 떨떠름한 표정을 짓자 이실리스 후작은 눈치를 챘는지 희미한 미소를 지었다.

—이보게, 바로 계승 자작의 작위를 받게 되었는데 그런 표정을 지으면 어떻게 하나?

"예? 정말입니까? 저는 그냥 준남작 정도로 생각해서… 하하! 이거 정말 좋아해야 할 일이었군요. 후후후!"

자작의 작위는 그다지 높은 작위는 아니지만 계승 작위라면 말이 달라지게 된다.

계승 작위를 준다는 것은 일단 영지도 하사하겠다는 뜻이 되기 때문이었다.

'자작의 작위를 준다고? 훗! 고맙지 뭐.'

준다는 것을 굳이 사양할 이유는 없었다. 물론 그런 작위를 줄때는 뭔가 바라는 것이 있을 테지만 그거야 자신이 알아서 조절하면 그만이었다.

"저, 그럼 언제 오시는 겁니까?"

―내일 바로 갈 생각일세. 이번에는 쥬페르 후작도 같이 가니 준비에 만전을 기해야 할 것일세.

"쥬페르 후작 각하께서요? 아… 넵! 준비를 철저히 해야겠군요."

―흐흐! 그래야 할 게야. 그 인간이 좀 꼬장꼬장하거든.

이안은 쥬페르 후작을 처음 보았던 때를 떠올렸다.

기사 아카데미에서 근위기사단을 대표해서 왔던 그는 마스터에 오른 기사로 국왕에 충성을 다하는 기사의 표본 같은 사람이었다.

'그 노친네가 온다면… 아레스 왕자가 일부러 데리고 오는

거겠군. 끄응…….'

이실리스 후작과 쥬페르 후작까지 임시 요새를 방문하는 것이니 이전과는 확실히 다른 모습을 보여야 했다.

제2 근위기사단의 단장직을 역임하고 있는 쥬페르 후작은 충직한 왕당파 기사의 대표주자라고 할 수 있는 자였다.

그런 그에게 한번 엇나간 모습을 보인다면 자칫 주체할 수 없는 곳까지 떨어져 내릴 가능성이 컸다.

"그럼 내일 대응 마법진을 준비하도록 하겠습니다. 정확한 시간을 좀 알려주십시오."

—내일 정오에 갈 것이니 그렇게 알고 준비하게.

"정오라… 알겠습니다. 그럼 내일 뵙겠습니다, 후작 각하!"

—내일 보세. 통신 아웃!

후웅! 스팟!

수정구에서 마나가 빠져나가자 이안은 고개를 가로로 내저었다.

왕자가 다시 오려는 이유가 아무래도 자신을 길들이려고 하는 수작 같았기 때문이었다.

'훗! 쉽게 당해줄 수는 없지.'

제아무리 마스터라고 해도 허점은 있게 마련이었다.

꼭 오러스레드밖에 사용하지 못한다고 해도 한 방 크게 먹일 수 있을 것이라 생각했다.

징! 징! 징! 징!

대응 마법진으로 마나가 모여들며 반대쪽에서 워프 마법이 실행되었음을 알 수 있었다.

쥬페르 후작이 온다는 말에 이안의 친구들은 벌써부터 부동자세를 취하며 난리도 아니었다.

후웅! 파앗!

워프 마법진이 완성되고 공간의 문이 열렸다

그러자 반대쪽의 모습을 볼 수 있게 되고 제일 선두에서 나오는 근위기사들이 오와 열을 맞춰가며 등장했다.

'쥬페르 후작의 제2 기사단의 단원들이로군.'

이안 역시 왕자가 오는 것을 보며 기사의 예를 취했다. 오른 무릎을 꿇은 뒤 가슴에 손을 가져다 대는 기본적인 동작이었다.

"아레스 왕자 저하를 뵙니다!"

"왕자 저하의……."

이안과 친구들이 큰 목소리로 예를 표시하자 아레스 왕자의 입꼬리가 살짝 말려 올라갔다.

뒤에 버티고 있는 쥬페르 후작의 등장에 기사들이 바짝 얼어붙은 것이 우습게 느껴진 것이다.

"일어들 나시오."

"감사합니다, 저하!"

이안이 제일 먼저 일어나고 그 뒤를 친구들과 병사들이 따랐다.

'후훗! 재미있어 죽겠다는 표정이네.'

왕자의 얼굴에 머물러 있는 미소의 의미를 알고 있는 이안은 살짝 고개를 저은 후 왕자에게 말했다.

"대회의실로 가시지요. 미리 준비를 해두었습니다, 저하!"

"그렇소? 안내를 부탁하겠소."

"예, 저하."

이안이 안내를 하는 동안 아레스 왕자는 지난 이틀 사이에 변한 것은 없는지 요새 내부를 살폈다.

그러다 눈에 띈 것은 방치되어 있는 라페스트 4기와 아직 배치되지 않은 마동포였다.

"마동포가 요새에 배치된 모양이군. 몇 대나 들여왔는지 알 수 있겠소?"

"총 40대의 마동포가 드워프 마을로부터 들어왔습니다. 방어진지 3곳에 32대의 마동포가 배치되었고 나머지 8대는 예비 전력으로 남겨두었습니다."

"오! 40대나 말이오? 드워프 부족에서 큰 인심을 쓴 모양이로군."

40대의 마동포면 지난번 드워프 마을에서 본 마동포보다 더 많은 수였다.

그런 전력을 임시 요새를 위해서 빌려줄 정도라면 대단한 친분이 아니고서는 힘들다는 판단이었다.

"마동포를 만드는 원리는 간단합니다. 어려운 것이 바로 마법진을 새겨 넣는 것과 그것을 유지하는 기술이라고 할 수 있습니다. 그것을 드워프 장인들은 인간보다는 훨씬 쉽게 해낼 수 있습니다."

"흠… 그런 것은 잘 모르지만 드워프들의 손 기술이 대단하다는 것은 인정해야 할 듯하오."

"이안 중령!"

"예, 후작 각하!"

"저 마동포는 에어블래스트 마법을 사용하는 것으로 아는데 몇 중첩인지 아는가?"

"제가 알기로 5중첩인 것으로 압니다."

이안은 자신이 레이첼의 마법서에서 알아낸 것을 토대로 만들었다는 것을 숨겼다.

그것이 알려진다면 당장에라도 왕실에 의해서 감금당하고 모든 것을 토해내야 할 것이었다.

"5중첩이라… 그런 중첩 마법진을 만들어낼 수 있는 자가 드워프 부족에 있었다는 말인데……."

"저도 그것까지는 알지 못합니다. 어디에 있는지만 알아도 배움을 청했을 건데 말입니다."

"하기야, 나 같아도 그런 마법사가 있다면 배움을 청했을 테지. 조금 아쉽구만."

"그러게 말입니다. 하하하!"

이안이 멋쩍게 웃자 이실리스 후작도 아쉬움을 토로하며 마동포를 살피는 것으로 만족해야 했다.

"축하하네, 이안 레이너 자작!"

아레스 왕자는 국왕을 대리하여 작위를 하사한 후 축하의 인사말을 건넸다.

"감사합니다. 왕자 저하!"

"축하하네, 자작!"

"축하한다, 이안!"

"후후! 모두 감사합니다. 너희들도 고맙고."

이안은 자작의 작위를 하사받고 그에 맞춰서 새롭게 하사된 귀족의 인장과 작위 증명서를 받게 되었다.

이제 레이너 가문은 그의 부친인 남작보다 이안이 더 높은 작위를 지닌 귀족이 된 셈이라 승계를 놓고 싸울 일이 없어서 좋다는 생각이었다.

"아참! 그리고 영지를 하사하는 문제 말일세."

"네? 영지까지 하사하시는 겁니까? 헛……."

이안은 영지를 하사할 줄은 알고 있었지만 지금 상황에서 곧바로 말이 나오자 조금은 당황했다. 내전이 발생한 상황에서 영지를 하사하는 문제는 약간 어렵다는 판단을 하고 있던 차였다.

"그것이 지금 영지로 하사할 만한 땅이 없네. 해서 헥토르 그자의 반란을 진압하면 몰수하는 땅을 영지로 하사할 생각일세. 그러니 자작도 반란 진압에 열과 성을 다해주기를 바라네."

"아! 알겠습니다. 당연히 해야 할 일입니다, 저하!"

이안은 영지를 하사받는 문제를 생각하자 지금이라도 영지를 받을 수 있는 방법이 떠올랐다.

'멀리 갈 필요도 없다. 나는 어차피 헬카이드의 배꼽을 벗어날 수 없으니 이 근처를 영지로 받으면 되는 거지.'

지금 이안이 차지하고 있는 헬카이드 산맥과 비어 있는 6사단의 주둔지를 합치면 어지간한 자작령을 능가하는 땅 크기였다.

비록 인구는 화전민 마을 수준의 몇 개 마을이 있을 뿐이지만 드워프 마을과 연계한다면 영지로서의 기능은 충분히 해낼 수 있었다.

"저하! 한 가지 부탁을 드려도 되겠습니까?"

"부탁? 무언지 말해보게."

"영지를 주실 거면 이 근처의 땅을 주셨으면 합니다. 지금 임시 요새에서 척후를 내보내고 있는 곳이 전 6사단이 담당하던 곳입니다. 그곳을 내려주시면 드워프 마을과의 연계를 생각하면 저와 왕국 모두에게 좋은 일이 될 것입니다."

"아! 6사단의 주둔지라… 하긴, 지금 이곳은 임시 요새의 영역이니 반란이 진압될 때까지 기다릴 필요도 없겠군."

"그렇습니다, 저하!"

은근히 결정을 내려달라고 눈빛으로 공격하는 이안을 보며 아레스 왕자는 짐짓 고갯짓을 하며 뜸을 들였다.

"자작도 알겠지만 나는 해주고 싶지만 그럴려면 귀족들을 설득해야 하는 문제가 있다는 것을 알 것이네."

"알고 있습니다, 저하."

국왕의 마음대로 흘러가는 문제가 아니라는 것쯤은 이안도 익히 알고 있었다. 무언가를 얻으려면 그만큼 내어놓아야 한다는 것이 세상의 이치였다.

"왕실에서는 마동포를 원하네. 우리 왕국에서 마동포를 만들어 낼 수만 있다면 기간트 전력이 뒤지는 우리 왕국의 안전에 큰 역할을 해줄 것으로 기대하고 있지."

"그럴 거라 생각합니다."

"해서 말인데… 자작이 원하는 이 땅을 영지로 하사받을 수 있도록 내 힘써주겠네. 그러니 자작은 마동포를 제작하는

기술을 얻어내게. 해줄 수 있겠나?'

아레스 왕자의 말에 이안은 쓴 웃음이 흘러나왔다.

마동포의 제작 기술이라면 이런 영지가 아니라 후작급의 영지를 내려주어도 모자랄 것이니 말이었다.

'어린 새끼가 벌써부터 지 아비 흉내를 내고 있네.'

이안은 왕자의 은근한 제의에 고개를 저었다.

급이 맞는 제의였다면 모를까 그런 제의를 받아들이는 것 자체가 어불성설인 것이다.

"저하… 제가 바라는 영지는 왕국에 조금이라도 보탬이 될까 하여 최악의 땅을 고른 것이었습니다. 그런데 그 땅을 하사하시면서 마동포의 제작 기술을 알아내라는 것이 가당키나 하다고 여기십니까? 영지 문제는 없던 걸로 하겠습니다."

이안이 냉정하게 자르자 아레스 왕자의 눈꼬리가 매섭게 올라갔다.

"그대는 내가 명령을 내려도 그것을 거부할 생각인가?"

"명령이시라면 따라야겠지요. 하지만 생각해 보십시오. 강철의 모루 일족과 친밀한 관계를 훼손시켜가며 빼낼 그 기술을 우리가 만들어 내지 못할 때는 어떻게 하시겠습니까?"

"그건……."

"자그만치 5중첩 마법진입니다. 인간들은 꿈에도 꾸지 못하는 각인 기술이란 말입니다. 이실리스 후작 각하께 물어보시지요. 그걸 해낼 수 있는지 말입니다."

이안이 부리부리한 눈빛을 발하며 따지듯이 말하자 아레스 왕자는 길게 한숨을 내쉬었다.

소탐대실, 작은 것을 얻으려다 큰 것을 잃고 후회하게 될 것이라는 경고가 제대로 먹힌 결과였다.

"신의 생각에도 레이너 자작의 말이 옳습니다. 그러니 대사를 그르치는 우를 범하지 마십시오, 저하!"

이실리스 후작은 끼어들 틈을 찾고 있다가 이안이 자신의 이름을 언급하자 이때다 하고 끼어들었다.

"그리고 한 가지만 더 충언을 드리지요. 저하, 거래는 그 급이 맞아야 이루어지는 것입니다. 지금처럼 귀족에게 무조건적인 충성을 바라지 마십시오. 봉신은 군왕이 땅을 내려주기에 그 땅을 대가로 싸우는 자들임을 잊으시면 안 됩니다."

"으음……."

그 누구도 지금처럼 말하는 자가 없었다.

언제나 자신의 앞에서는 아부만 해오는 자들이 전부였었다.

그런 자들은 무엇을 말하든 목숨을 걸고 행하겠다고 떠들었기에 왕자는 명령만 내리면 되는 존재라 여겼었다.

'그런가… 아직 나는 멀었다는 것인가?'

왕과 귀족의 관계는 이안의 말대로 땅을 매개로 한 고용관계라는 것을 잊고 지내왔다는 것을 깨달았다.

"그러나 신하가 무조건적인 충성을 할 때도 있습니다. 그 때는 군주와 신하의 마음이 하나일 때입니다. 마음을 얻지 않고 신하의 모든 것을 강요할 때는 오히려 조금 있는 마음마저 잃을 수도 있으니 앞으로는 살펴서 행하시는 것이 나을 것입니다."

이안의 말은 어찌 보면 상당히 건방진 말일 수도 있었다.

그러나 그 말의 의미가 너무도 바른 것이기에 아레스 왕자에게는 적절한 충고가 되었다.

"마음을 먼저 얻으라는 것인가?"

"그렇습니다. 마음을 얻지 못하고 희생을 강요하게 되면… 노예가 아닌 이상 반발하게 되어 있습니다. 그것이 군주와 그 봉신과의 관계일 것입니다."

아직 나이 어린 이안이 하는 말치고는 꽤 오랜 세월 귀족으로서 굴러먹은 자의 말처럼 들렸다.

아레스 왕자는 이안을 또 다른 시선으로 보게 된 것이 또 하나의 소득이라 생각하며 희미한 미소를 지었다.

6장

올 테면 오리지. 다 부서주마

　아레스 왕자와의 이후 대화는 참으로 부드럽게 진행되어
갔다.

　다른 귀족들은 함부로 충고를 할 생각을 하지 않으니 이런
직언은 아레스 왕자에게는 약이 되고 살이 되는 말들이었다.

　'건방지고 귀족을 깔아뭉개는 성격인 줄 알았는데 포용력
은 넓은 사람이다.'

　이안은 아레스 왕자와 이야기를 계속하면서 그의 성격과
의중이 어디에 있는지 알게 되었다.

　"마동포는 드워프 부족의 기술이기에 빼돌리는 것은 신의

를 저버리는 것입니다. 자칫 기술을 만들 능력도 안 되면서 그런 일을 벌이는 것은 신의를 잃고 마동포를 수입하는 것마저 그르칠 우려가 있으니 자제하는 것이 옳습니다."

"그것은 나도 알고 있네. 하지만 우리 락토르가 강대국으로 발전하기 위해서는 국방을 튼튼히 할 수 있는 그 기술이 필요한 것도 사실이란 말일세."

왕자는 포기를 했는지 이전처럼 강하게 주장하지는 않았지만 미련이 남는지 기술에 대한 아쉬움으로 돌려서 이야기했다.

"제가 강철의 모루 일족과의 인연을 유지하는 동안 다른 것은 몰라도 마동포를 비롯한 그들이 생산하는 물품을 최우선으로 사들일 수 있을 것입니다. 그리고 혹여라도 다른 두 제국이 모르게 사들일 수 있다면 그것도 진행할 생각입니다. 그러니 아쉬움은 그 정도로 달래셔야겠습니다."

"음… 어쩔 수 없겠군. 레이너 자작이 그리 말한다면 말일세."

아레스 왕자도 이안이 달래려고 한 말인 줄은 알지만 그렇게라도 약속을 받아낸 것에 아쉬움을 달래야 했다.

"그리고 제가 이 근처의 땅을 영지로 원하는 이유가 있습니다."

"내 짐작은 하지만 자작이 정확하게 말해보게."

"드워프 부족을 두 제국과 왕국은 겉으로는 건드리지 않을 것입니다. 하지만 다들 속으로는 그 땅을 자신들의 것으로 만들 야욕을 불태울 겁니다. 그것이 어떤 수단으로 투사될지는 모르지만 결코 좋은 상황은 아니겠지요."

"물론 그럴 거라 생각하네. 우리 왕국에서야 자작이 있으니 상관 안하겠지만 두 제국은 끊임없이 드워프 부족을 복속시키려 들겠지."

"그것 때문입니다. 제가 이곳에 영지를 얻고 강철의 모루 일족을 보호한다면 어떻게 되겠습니까?"

"흠… 그거야… 괜찮겠는가?"

왕자는 이안의 뜻을 듣고 깜짝 놀랐다. 드워프 부족의 보호자로 이안이 나서면 적들은 제일 먼저 그를 제거하기 위해서 수작을 걸어야 한다.

매일 적의 암살 위험에 휩싸이게 될 것이고 크고 작은 싸움에 휘말릴 것은 자명했다.

"그래서 제안을 하나 드릴까 합니다."

"제안이라… 해보게."

"전하께 아뢰어 독립여단 창설을 허락해 주십시오."

독립여단이라는 말에 아레스 왕자의 얼굴에 약간 놀라는 빛이 어렸다.

사단급에는 미치지 못하나 단독작전을 수행할 수 있는 부대로 그 어떤 군단에도 소속되지 않는다.

"저하! 그 문제는 제가 이야기해도 되겠습니까?"

"그렇게 하시지요. 쥬페르 후작님."

가만히 듣고 있던 쥬페르 후작이 나서자 아레스 왕자는 그에게 발언을 허락했다.

"자작도 알겠지만 창설 허락을 받는 것은 어렵지 않네. 하지만 독립적인 여단을 만들려면 병력 증원과 보급 등의 문제를 해결해야 하는데 국방성장과 그 밑에 있는 군부의 노물들이 가만히 있을지 그것이 걱정일세."

쥬페르 후작의 말대로 군부를 건드리는 일은 상당히 복잡하고 어려운 일이었다.

이번 일만 해도 군부의 국방성장을 비롯한 실세들이 허락해서 가능했지만 결과론적으로는 헥토르 후작의 반란으로 문제를 드러냈다.

"드워프 일족에 대한 보호를 맡게 될 것이니 그 용역비를 받을 생각입니다."

"용역비를 받는다라… 가능하겠나?"

"물론입니다. 이미 아이언핸드 님과도 어느 정도 이야기가 된 상황입니다. 전략적 동맹을 맺은 것은 그 시작에 불과합니다."

"용역비로 여단의 운영비를 감당한다치고 그 다음은 병력의 증원문제일세. 반란을 진압하기 위해 싸우고 있는 것은 자작도 알 것이고 그로 인해서 중앙군의 병력 소진이 만만치 않은 것으로 아네. 그 문제는 어떻게 해결할 생각인가?"

쥬페르 후작의 물음은 점점 더 자세한 설명을 요구했다.

하지만 이미 생각해둔 것이 있기에 거침없는 대답이 흘러나왔다.

"지금 임시 요새의 병력이 4천입니다. 그중 3천은 노예병이라는 것을 아실 겁니다. 그것과 같은 방식으로 병력을 늘릴 생각입니다."

"가능하겠나? 자네의 말은 헥토르 그자의 군대와 싸워서 무조건 승리한다는 것을 전제로 하는 말인데 말이야."

"제가 판단하기로 앞으로 두 번 정도의 싸움이 헥토르 측의 반란군과 있을 것입니다. 한 번은 적의 대규모 공격일 것이고 나머지 한 번은 반란진압이 끝나가는 시점에서 적의 마지막 발악일 겁니다. 이곳의 중요성을 생각해 보면 답은 나오는 것이니 틀린 분석은 아닐 겁니다."

"그래서 어떻게 막을 생각인가? 그것도 적병을 대규모로 포로로 잡아야 하는 것을 전제로 말일세."

"두 번의 싸움을 말씀드렸습니다. 그중 첫 번째는 적의 사단급 병력 이상의 공격일 겁니다. 하지만 그것은 오히려 쉽게 제압할 수 있습니다."

"병력이 많은데 오히려 쉽다? 어째서 그런 계산이 나오는지 궁금하군."

"적이 죽기 살기로 싸우지 않을 것이기 때문입니다."

"아… 그렇겠구먼."

"오히려 나중에 진압이 끝나가는 시점에서 오는 적들은 더이상 물러날 곳이 없기에 죽기 살기로 싸울 겁니다. 그것이 더 위험하다는 판단입니다."

"하면 그 때는 어쩔 것인가? 헥토르 그자가 직접 나설 테고 이곳을 빼앗지 못하면 전멸이라는 것을 전제로 그들은 마지막 발악을 할 것인데 말이야."

쥬페르 후작의 눈에 기이한 일렁임이 있었다.

전략적으로 앞의 일을 예측하는 일은 군부에서 수십 년을 굴러먹은 전략가들이나 하는 일이었다.

그것을 이제 갓 부임하여 승승장구하고 있는 젊은 장교가 해내니 흥이 이는 것이었다.

"이건 제 사견임을 견지하고 들어주십시오."

"알겠네."

"첫 싸움은 분명 체이스 제국 때문에 벌어질 겁니다."

"첫 싸움이 체이스 제국 때문이다? 그 이유는 뭔가?"

"간단합니다. 체이스 제국은 마동포가 시급하게 필요할 것이기 때문입니다."

마동포를 원하는 나라는 가장 첫 번째가 락토르 왕국도 아닌 체이스 제국이었다.

그들은 숙적으로 생각하고 있는 로크 제국의 마동포를 견제할 수 있는 수단이 없으면 절대 그들의 영토로 진군할 수 없다.

그러니 그것을 만들 수 있는 드워프 마을의 존재는 무조건 차지해야 할 곳이라 여길 것이었다.

"로크 제국과의 협약 때문에 드워프 마을을 직접적으로 공격하지는 못합니다. 그래서 사용할 전략은 뻔하지요. 바로 헥토르의 반란군을 충동질하여 공격하게 하는 겁니다."

"흐흐흐! 그렇게 되면 드워프 부족들은 락토르 왕국이나 로크 제국에 구원을 청할 수도 있네. 그것은 어떻게 생각하나?"

"불가능합니다."

"왜지?"

"제가 아는 라펠러 공작이라면 미리 기간트 부대를 대거 파견해 놓고 일을 진행할 것이기 때문입니다."

이안의 강렬한 눈빛은 한 점의 흔들림도 없었다.

자신이 예측한 모든 것대로 전황이 흘러갈 것임을 믿는 그 눈빛에 쥬페르 후작은 자신도 모르게 고개를 끄덕거렸다.

"정황상 체이스 제국이 충동질을 했다고 해도 저와 임시 요새의 병력이 무너진 상황이라면 드워프 부족은 누군가와 손을 잡아야 합니다. 그러니 위기의 마지막 순간에 구원해 준 체이스 제국군과 손을 잡게 될 겁니다."

짝짝짝!

"훌륭한 판단이었네. 하면 그에 대한 대비책도 마련되어 있겠지?"

"물론입니다. 체이스 제국에서 보고 간 마동포의 수가 10여 대에 불과하니 그 차이에서 적의 파탄이 일어나게 될 겁니다. 그리고 여길 치기 위해서 병력을 빼는 순간 진압군이 얼마나 선전을 해주는가에 따라 조금의 차이가 생기겠지요."

"그건 염려 말게. 내가 무슨 수를 써서라도 중앙군의 공격을 유도하겠네."

쥬페르 후작은 오랜만에 등장한 든든한 인재를 보며 흡족한 미소와 함께 전폭적인 지원을 약속했다.

"그건 그렇고 말이야 자네의 검술 실력이 궁금해지는구만. 최상급이라 생각은 되지만 마법과 함께 사용하면 어느 정도의 실력을 나타낼지가 궁금하거든."

"후후! 저녁 때 한 번 대련을 부탁드리려고 했습니다. 저도 제 실력이 어느 정도인지 알고 싶어서 말입니다."

"흐흐! 그런가? 그럼 이따 보세."

아레스 왕자는 이안과 쥬페르 후작이 대련을 한다는 말에 재미있는 장난감을 발견한 어린아이처럼 눈빛을 반짝였다.

락토르 왕국에 4명이 존재하는 마스터 가운데 한 명인 쥬페르 후작과 신성으로 떠오른 이안의 대결이니 기대감이 증폭되었던 것이다.

　'마동포라… 마동포…….'

헥토르 후작은 자신을 골탕 먹인 이안 레이너라는 어린 녀석이 드워프 마을과 손잡고 마동포를 만들어냈다는 말에 심사가 뒤틀렸다.

"브레드!"

"하명하십시오, 군단장 각하!"

"마동포라는 것을 만든다고 치고 그거 한 대를 만드는데 얼마나 걸릴 거 같은가?"

브레드는 1군단 소속 마법병단의 단장으로 대령 계급에 준하는 군무원이었다.

"글쎄요. 얼마나 숙달되었는가에 따라 다르겠지만 한 대의 마동포를 만드는데 적어도 열흘은 걸리지 않겠습니까?"

"열흘? 그 정도나 걸리는가?"

"물론입니다. 마동포의 제작 원리는 웬만한 것은 알려진 상태입니다. 단지 그것을 각인할 기술이 없어서 만들지 못하는 거니까요."

브레드 단장의 말에 헥토르는 마동포를 만드는데 걸리는 시간과 이안 레이너의 휘하 부대가 완전 무장을 하는 것을 따져 보았다.

　'적어도 이달 안에는 끝장을 내야 하겠군. 1대에 열흘이면 드워프 일족임을 감안하면 반으로 줄어든다고 치고… 20대 이상의 마동포로 무장하는 셈이니 말이야.'

　마동포 20대면 일점사로 노릴 경우, 기간트 3, 4대는 한 번에 부술 수 있었다. 그걸 뚫고 들어가서 공격을 해야 하니 최대한 마동포가 적을수록 유리했다.

　"누가 가겠나?"

　전황은 반란군 측에 점점 안 좋게 흘러가고 있었다.

　덕분에 농노군까지 징발하여 병력을 불리고 있는 상황이기에 정예병력은 최대한 아껴야 했다.

　"이안 레이너, 그놈을 공격하실 생각이십니까?"

　"그렇다. 라펠러 공작이 알려준 정보에 의하면 그놈의 부대에 마동포가 배치되고 있다고 한다. 그것이 완편되면 어떤 위력을 보일지는 불문가지. 따라서 그전에 치는 것이 최선이다. 누가 갈 텐가?"

　헥토르 후작의 1군단과 영주군은 모두 합해서 17만 정도로 불어나 있었다.

　다만 그중 7만 정도가 징집한 병력이라 화살받이 이상의 역할을 맡길 수는 없었다.

"제가 가도록 하겠습니다."

"스벤든 소장이 간다고? 흠… 자네는 남쪽을 담당해야 하는데 말이야……."

스벤든이라는 인물은 헥토르 후작이 가장 신임하는 두 명의 장군 중 일인이었다.

지금도 남쪽에서 밀고 들어오는 4군단을 맞아 훌륭하게 막아내고 있었다.

'2군단을 그때 박살 냈어야 했어. 그랬다면 내가 직접 가도 되는 것을… 쯧!'

전에 헥토르 후작이 직접 나서서 2군단을 반파하고 초반 전황을 유리하게 이끌어 갈 수 있었다.

4군단의 반격으로 남부 전선의 전황이 어지러워질 때 그것을 수습한 스벤든 소장이었고 그가 빠지면 다시 남부 전선이 힘들게 될 것은 자명했다.

'그렇다고 2군단과 영주군이 대거 증원된 서남부 전선을 비울 수도 없으니…….'

헥토르 후작은 고민을 거듭했다. 스벤든 소장을 보낸다면 그깟 이안 레이너라는 초임 기사 따위는 어렵지 않게 해결할 수 있을 것이었다.

"위병계를 쓰시는 것은 어떻겠습니까?"

"위병계? 설명해 보도록!"

"서남부의 전선을 공성계를 써서 뒤로 물리는 겁니다. 남부 전선과 최대한 가깝게 물린 후에 군단장 각하께서 서남부 전선에 있는 것으로 꾸민 뒤 남부 전선으로 가시는 겁니다. 스벤든 소장이 빠져나간 것을 적들이 눈치채면 남부전선에 힘을 싣고 치려고 할 테고 그것을 군단장 각하께서 힘으로 제압하시면 됩니다."

"흐흐! 그러니까 2군단을 지휘하는 레마겐 머저리새끼를 엿먹이는 작전이 되겠구만."

"각하께서 버티고 있는 것만으로 레마겐 후작 그자는 쉽게 움직이지 못합니다. 그러니 각하께서 남부의 4군단을 격파하고 재빨리 회군을 하실 때까지 그자는 사실유무를 파악하느라 시간을 다 보낼 겁니다."

"좋아! 그렇게 하는 것이 좋겠어. 스벤든 소장은 8사단과 징집군 1개 사단을 차출해서 가도록 하게. 아! 그리고 남부 왕국에서 올라온 물건을 지원해줄 테니 반드시 이겨야 할 것이야, 알겠나?"

"하하하! 그 정도 지원이면 질 전쟁도 이겨야 하는 거 아니겠습니까? 맡겨 주십시오."

"흐흐! 그래. 당연히 그래야지."

리오스 강을 통해서 들여 온 남부 왕국의 기간트 30대를 이번 작전에 써먹을 줄은 헥토르 후작 본인도 생각하지 못한 것이었다.

곧 체이스 제국의 2차 지원이 도착할 것이니 급한 대로 돌려막기로 쓸 수 있어 다행스런 일이었다.

후드득! 쪼로로롱!

작고 귀여운 새 한 마리가 밀튼이 특별히 만들어 놓은 새장으로 날아들었다.

생존을 위해서 온갖 노력을 다하는 이안의 친구들은 리갈 마을의 사냥꾼들을 통해서 새를 이용한 연락 방법을 찾아냈었다.

"어서 오너라."

밀튼은 새장 속에 날아든 작고 귀여운 새에게 벌레를 먹여 주었다.

인간에게 겁을 먹고 도망가는 것이 당연한 새이건만 녀석은 주는 벌레를 넙죽 받아먹으며 밀튼의 손에 부리를 비벼댔다.

"무슨 연락인지 볼까?"

밀튼은 새의 다리에 매달려 있는 작은 쪽지를 떼어내서 펼쳤다.

안에는 깨알 같은 글씨로 암호문이 적혀 있었다.

다른 자들에게 넘어간다고 해도 그 내용을 알 수 없도록 특별히 고안된 새로운 암호체계였다.

"이런… 적어도 2개 사단 병력이라니… 미치겠군."

밀튼은 이안이 대규모의 적의 공격을 미리 말했었기에 어느 정도는 이해할 수 있었다.

그러나 2개 사단 병력이 공격을 해오고 기간트 캐러밴도 20여 대에 이른다는 보고를 접하자 가슴이 떨려오는 것에 심호흡을 해댔다.

'일단 이안한테 알려야겠다.'

밀튼은 왕자와 쥬페르 후작등과 며칠째 밀고 당기는 교섭을 하고 있는 이안에게 달려갔다.

대회의실 입구를 막고 있는 쥬페르 후작의 근위기사단원들은 밀튼을 확인하고 길을 열어주었다.

"잠시 실례하겠습니다."

밀튼이 문을 열고 들어가며 말하자 안에서 이야기 중이던 네 사람의 시선이 그에게 집중되었다.

"무슨 일이 있는가? 좀처럼 보기 힘든 밀튼 중령이 다 오고 말일세."

아레스 왕자는 처음과는 달리 이안과 그 친구들을 상당히 좋은 시선으로 보고 있었다.

국익에 이득이 되어주는 드워프 부족과의 교류를 전담하

고 있는 데다 반란에 맞서서 싸우는 젊은 영웅들이니 나쁘게 볼 이유가 없었다.

물론 이안의 약간 삐딱한 사고방식은 마음에 들지 않지만 그 정도는 애교로 넘어갈 수 있는 수준이었다.

"급한 보고가 들어왔습니다. 그래서 이안 중령과 이야기를 해야 할 거 같습니다만."

"이안 자작과 말인가? 흠! 여기서 할 이야기는 아닌가 보구만."

"아닙니다. 함께 들으셔도 무방합니다. 이야기해도 되겠습니까?"

"그렇게 하게."

왕자의 허락이 떨어지자 밀튼은 쪽지를 이안에게 건네며 말했다.

"남쪽으로 2개 사단 병력이 접근중이라는 척후대의 보고다. 네가 알아야 할 거 같아서 말이야."

"2개 사단? 이런… 훗! 헥토르 그자가 독을 품은 모양이로군."

처음에는 약간 당황한 모습을 보이던 이안이 이내 여유를 되찾고 비릿한 조소를 머금자 밀튼도 히죽 웃으며 물었다.

"걱정도 안 되는 거냐?"

"걱정할 게 뭐있냐. 오면 오는 족족 부숴버리면 그만인데."

이안의 여유에 밀튼이 오히려 약간 섭섭한 마음이 들 지경이었다.

"나는 걱정되서 달려왔더만 너님은 참 여유가 넘치십니다? 이안 레이너 자작님?"

밀튼이 장난식으로 하는 투정에 이안이 빙긋 웃으며 자신의 생각을 말했다.

"후후! 남쪽에서 올라온다면 4군단을 막고 있는 스벤든 소장일 거다. 너도 알겠지만 그 사람은 전형적인 지장 스타일의 장군이지. 그런 그를 상대로 싸우자면 머리 꽤나 썩히겠지만 지키는 것은 더 좋지. 무식하게 밀어붙이는 자가 오면 그게 더 곤란하거든."

용장 스타일의 장군이 적군의 사령관이라면 꽤 많은 피해를 입고 적들도 괴멸시켜야 하는 상황이 펼쳐질 것이었다.

그것을 피해야 하는 입장에 있는 이안은 스벤든 소장의 북상을 그 누구보다 반겼다.

"이안 자작! 스벤든 소장이 2개 사단을 이끌고 온다는 것이 사실인가?"

"아직은 추측입니다. 하지만 제가 헥토르 그 자라면 스벤든 소장을 투입하겠습니다. 천험의 요새와 같은 이곳을 용장 스타일의 적장을 보내서 뚫는 것은 어리석은 행위니까 말입니다."

"그렇겠지. 적아를 불문하고 막대한 희생을 강요하는 곳에 용장 스타일을 보내는 것은 지휘관으로서 실격이니까."

쥬페르 후작 역시 이안의 생각에 동의했다.

1군단이 아무리 정예라고 해도 산맥을 뚫고 올라가는 작전은 막대한 희생을 요구받는 일이었다.

그런 곳에 용장을 투입하지는 않을 거라 생각되어졌다.

"잠깐! 그렇다면 4군단을 막고 있는 스벤든이 올라오면 그 자리는 누가 맡는 거지?"

쥬페르 후작은 이것이 곧 전선을 뚫을 수 있는 기회라 생각했다.

이안의 임시 요새 병력이 2개 사단 병력을 붙잡고 있을 그 동안 2군단과 4군단이 밀어붙인다면 최대한의 전과를 올릴 수 있어 보였다.

"제가 감히 평할 것은 아니겠지만 한 말씀 드리자면… 레마겐 2군단장께서는 헥토르 후작을 대적하기 어렵습니다."

"흐음… 그건 나 역시 동감일세."

쥬페르 후작도 레마겐 후작의 용렬함을 익히 알고 있었다.

비록 세간에서는 2인자로 칭하며 그를 대단한 장군으로 칭송하지만 이번에 보인 그의 전략과 장군으로서의 성품은 낙제점에 가까운 인사로 판단되어졌다.

"제가 헥토르 그자라면… 레마겐 후작님을 가지고 놀면서 시간을 끌겠습니다. 조금씩 점령지를 내주며 뒤로 군대를 물리면 레마겐 후작님은 싸우지 않고 땅을 얻는 것에 만족할 테니까요."

이안의 지적에 아레스 왕자와 쥬페르 후작은 고개를 도리질치며 한숨을 짧게 내쉬었다.

그의 지적대로 된다면 지킬 곳이 적어진 헥토르의 반군은 전선을 좁히며 스벤든 소장이 빠져나간 자리를 메꿀 수 있게 되는 것이었다.

"레마겐 후작님은 싸우지도 않고 올리는 전공에 기세가 살 것이고 계속해서 뒤를 따라갈 겁니다. 그렇게 몇 차례 후퇴하다 한 곳에 매복군을 두고 빵! 하고 때리는 겁니다. 계속해서 후퇴하던 적들을 따라가며 전공을 얻던 2군단은 방심을 하게 될 테니까요. 아마 엄청난 피해를 입게 될 겁니다. 후후후!"

이안이 싸늘하게 내뱉는 그 말에 두 사람은 가슴이 섬뜩해졌다.

그들이 아는 레마겐 후작이라면 그럴 가능성이 너무도 농후했기에 허황된 이야기로 들리지 않은 까닭이었다.

"그럼 자네가 사령관의 입장이라면 어떻게 저들을 막겠나? 모든 병력을 다 동원할 수 있다고 치고 말일세."

아레스 왕자의 물음에 이안은 괜히 말을 했나하는 마음이 들었지만 이내 볼을 긁적이며 말했다.

"제가 사령관이라면 73강습여단을 투입하겠습니다."

"73강습여단을 말인가? 그들을 남부 왕국의 공격에 대비하여 리만 요새를 맡고 있네. 결코 불러들여서는 안 될 부대일세."

"후후! 로크 제국에 조금만 도와달라고 하면 되는 문제입니다. 지금 강철의 모루 일족 때문에 절대 아국과 척을 지려 하지 않을 테니 충분히 가능합니다."

"아… 그, 그렇겠군."

국제 정세에서 영원한 우방도 없고 그렇다고 영원한 적도 없다는 것은 정설이었다.

로크 제국이 락토르 왕국을 자신들의 속방 정도로 여기지만 체이스 때문에 감히 함부로 하지는 못했다.

대신 락토르 왕국에서 요청하는 일이 있으면 그것에 대한 대가를 상당히 크게 요구하는 정도의 관계였다.

하지만 마동포가 체이스로 넘어가게 되는 문제 때문에 비상이 걸린 그들은 결코 비싼 대가를 요구할 수 없게 되어버렸다.

그 점을 이용하라는 이안의 말에 아레스 왕자는 무릎을 치며 환한 표정을 지을 수 있었다.

"73강습여단을 투입하게 되면 절대 적과 싸우게 해서는 안 됩니다."

"싸우게 하지 않는다? 최고의 특수전 부대를 투입하고 싸우지 않는다? 호오… 그건 또 무슨 작전인가?"

"간단합니다. 강습여단으로 후방 교란을 시키는 겁니다. 비어 있는 영지를 공격하여 헥토르 반란군에 대한 지원을 막는 효과를 누릴 수 있죠. 아마 강습여단의 정예함을 생각해보면 헥토르의 반군은 절대 그들을 잡지 못합니다."

"그거 묘수로구만. 묘수야! 하하하하!"

쥬페르 후작은 최강의 독립작전 부대인 73강습여단을 투입하여 그런 식으로 써먹을 생각을 누가 할까 하고 떠올려 보았다.

'없다. 오직 저 앞에 있는 젊은 친구가 아니라면 말이야…….'

최강의 부대는 최전선에서 적을 섬멸하는 거라 여기는 구태의연한 사고방식의 군부에서는 절대 불가능한 생각일 것이었다.

"바로 돌아가야겠습니다, 왕자 저하!"

쥬페르 후작의 말에 아레스 왕자도 같은 생각이었다.

이런 작전을 입안하여 큰 전공을 세운다면 자신의 입지도 올라갈 뿐더러 이안이라는 새로운 칼을 자신의 품으로 끌어들일 수 있을 것이니 말이었다.

"그렇게 하죠. 그럼 이실리스 후작님에게 알려야 하는데…

도대체 어디에 있는 건지……."

아레스 왕자는 지난 사흘 동안 이실리스 후작을 본 기억이
드물었다.

"같이 온 왕실마탑의 엔지니어들과 라페스트를 분해하고
계실 겁니다."

"끄응… 라페스트… 반드시 해야 할 일이기는 하겠군."

"후후! 제가 라페스트에 타보니 미약한 기간트 기술의 차
이가 엄청 크다는 것을 알겠더군요. 라페스트를 뜯어보면 뭔
가 깨닫는 부분이 있으실 겁니다."

"그렇겠지. 이안 자작, 같이 나가도록 하지."

"제가 모시겠습니다."

이안은 아레스 왕자를 최대한 이용할 수 있을 때까지 이용
할 생각으로 최근 들어 아주 극진한 대접을 하고 있었다.

드르르륵!

기나긴 와이어가 내려오고 그 줄에 묶여 있는 라페스트의
팔 부위가 조심스럽게 바닥에 닿았다.

"좋아! 다음은 머리를 떼어내는 거니까 다들 조심해야 한
다. 알겠지?"

"예, 탑주님!"

이안의 임시 요새에서 빌린 샤베른을 조종하여 라페스트

를 분해하는 이실리스 후작은 싱글벙글한 표정으로 일을 진두지휘하고 있었다.

이제 머리 부분만 떼어내면 워프 마법진을 통과하여 왕실 마탑으로 라페스트를 가지고 갈 수 있게 된 까닭이었다.

"탑주님, 여기 연결된 장치들이 많은데요? 이걸 처리해 주셔야 할 거 같습니다."

"잠시만 기다려라! 곧 올라가마."

이실리스 후작은 플라이 마법을 사용하여 곧바로 공중으로 떠올랐다.

그리고는 능숙한 솜씨를 발휘하여 마법진과 연결되는 동력선들을 떼어냈다.

"됐다. 이제 묶어서 내려."

"예, 바로 내리겠습니다."

엔지니어들과 기간트를 만드는 마법사들은 이실리스 후작의 신바람에 동화되어 힘든 줄도 모르고 일에 매진했다.

"이실리스 후작, 잠시 나 좀 봅시다."

"응? 쥬페르 후작이 어쩐 일로 나를 다 찾아왔소?"

마법사와 기사는 태생적으로 서로를 경원시하는 경향이 컸다.

기사는 음흉한 마법사놈이라고 경멸했고 마법사는 두뇌까지 근육으로 가득한 근육덩어리라고 기사를 비웃었다.

그런 까닭에 두 사람의 관계도 그리 원만한 관계는 아니었
다.

"급히 왕궁으로 돌아가야겠소."

"지금 말이요?"

"그렇소. 스벤든 소장이 이끄는 2개 사단 병력이 이곳을 향
해서 접근하고 있다는 척후대의 보고가 들어왔소."

"이런! 하면 시간이 얼마나 있는 거요? 저걸 마저 분해해야
하는데… 끄응……."

이실리스 후작의 안타까워하는 모습에 아레스 왕자가 괜
찮다는 듯이 말했다.

"시간은 충분하니 걱정하지 마십시오. 이안 자작, 척후대
가 얼마나 멀리까지 나가 있는 것인가?"

"이틀 거리까지 나가 있습니다. 그러니 시간 여유는 충분
합니다."

"흐흐! 그렇다면 1시간만 주십시오, 저하!"

"그렇게 하시죠."

이실리스 후작은 다시 라페스트의 해체에 몰두하고 쥬페
르 후작은 근위기사들을 비롯한 왕자를 호종하고 온 무리들
을 한곳에 모았다.

"이안 자작!"

"예, 저하."

"내 돌아가면 자작이 요청한 사안들을 최대한 가납시키도록 노력하겠소. 그러니 자작은 자작 나름대로 드워프 부족과의 선린에 힘써주시오."

"물론입니다. 그 점은 걱정하지 마십시오, 저하!"

"알겠소. 그리고… 부디 자작의 말대로 전쟁이 끝났으면 싶소. 그리고 자작이 원하는 독립여단의 편성도 잘 되었으면 하고 말이요."

왕자의 말에 이안은 며칠 동안 비위를 맞춰준 것이 주효했다는 생각에 빙긋 미소를 지었다.

"최선을 다할 것입니다. 그러니 왕자 저하께서도 지켜봐주십시오. 후후후!"

"이를 말이겠나. 내 자작의 건투를 먼 왕궁에서나마 기원할 것일세. 부디 이겨내기 바라네."

"예, 저하."

아레스 왕자가 내민 손을 굳게 맞잡은 이안은 그가 처음에 자신에게 가졌던 체스판의 말과 같은 이용물에서 마음을 나누는 동지와 같은 생각을 가지게 됐다는 것을 느꼈다.

그래서인지 맞잡은 손에 따스한 기운이 어리고 정이라는 것이 녹아들었다.

'드디어 가는구나……. 길고 긴 사흘이었다…….'

이안은 이실리스 후작이 워프 마법진을 가동시키고 그곳

을 통해서 아레스 왕자와 그 일행들이 빠져나가는 것에 홀가
분한 미소를 지을 수 있었다.

"워프 마법진을 해제한다. 모두 물러서도록!"

"충!"

병사들이 우렁찬 외침과 동시에 물러서자 이안은 워프 마
법진과 거리를 두고 완벽하게 빠져나가는 것을 확인한 후 마
법진에 마나를 회수했다.

"워프게이트 해제!"

후우웅! 파앗!

마법진이 해제되어 사라지자 그제야 친구들은 긴장의 끈
을 풀며 이안에게 다가왔다.

"휘유! 왕자는 이제 그만 좀 오면 안 될까 모르겠다."

"또 올려나?"

"뭐 우리 이안 레이너 자작님께서 어떻게 하는지에 따라
달라지겠지. 크크크!"

토리가 마지막으로 이안에게 시선을 주며 말하자 모든 친
구들이 고개를 끄덕이며 인상을 구겼다.

한마디로 또 왕자 오게 하면 가만두지 않겠다는 무언의 압
력인 셈이었다.

"후후! 미안하다. 근데 아마 저 인간 또 올걸? 그건 내 장담
할 수 있어."

"으득! 그때는 니가 알아서 다해. 난 다른 곳으로 도망갈 거니까. 쯧!"

맥컬리의 이갈리는 소리에 이안은 고개를 가로저었다.

자신도 원하지 않지만 이 임시 요새는 이제 락토르 왕국의 귀족들이라면 누구라도 욕심을 낼 것이기 때문이었다.

7장

자, 머리 좀 굴려보자고

헬카이드 산맥에 접근한 스벤든 소장의 병력은 일정 거리에 멈춰선 채 인근의 마을들로 병사들을 보냈다.

그들이 한 것은 다름 아닌 지리에 밝은 마을 남자들을 징집하는 것이었다.

그런 보고를 받은 이안은 역시 스벤든 소장은 이전의 6사단장과는 다른 사람임을 실감할 수 있었다.

'이런 상황에서 스벤든 그자를 속이려면… 누구 하나를 희생시켜야 한다. 그게 아니라면 결코 그자를 속일 수 없다.'

스벤든 소장이 하려고 하는 일이 무엇인지 이안은 알 수 있었다.

임시 요새가 있는 곳으로 돌아 들어오는 길을 찾으려고 하는 것이었다.

'스벤든 그가 원하는 길을 알려줄 수 있는 자… 그리고 그 무엇보다 신분이 확실한 자… 그 조건을 갖춘 인물이 목숨을 걸고 적을 유인해야 한다.'

6사단이 주둔하고 있는 곳에는 모두 10여 개의 화전민 마을이 존재했다.

인원은 그리 많지 않았고 대략 3천여 명 정도의 사람이 살고 있다고 보면 맞을 것이었다.

덕분에 각 마을의 유명한 자들은 서로를 알고 있었고 다른 마을의 주민들도 그들을 알 가능성이 높았다.

'하아… 정말 하기 어려운 말이 되겠군.'

그 누가 있어서 '너의 목숨을 걸고 적을 유인해라'라는 말에 순순이 응하겠는가? 자신의 일이 아니고서는 그런 일에 목숨을 걸지는 않을 것이었다.

'저기 있군…….'

이안은 임시 요새의 한쪽에서 궁병들과 함께 활을 당기고 있는 지미를 보고 망설였다.

하지만 누군가는 해야 할 일이었고 요새를 책임지고 있는 자신이 나서는 것이 최선이었다.

"지미, 잠시 이야기를 할 수 있겠나?"

이안이 부르자 지미는 들고 있던 강궁을 내리며 고개를 숙였다.

"아이고! 이거 오랜만에 인사를 드립니다요. 자작님이 되신 것을 축하드립니다요. 흐흐!"

누런 이빨을 드러내며 웃는 지미의 얼굴은 검게 그을려 있어서 누가 보더라도 산골 마을의 늙은 노인으로 보였다.

단지 그가 지닌 체구가 워낙 단단하고 옹골차기에 솜씨 있는 사냥꾼임을 알 수 있었다.

"내 중요한 부탁을 하나 하고자 하네. 들어줄 수 있겠는가?"

이안이 무거운 마음을 달래며 지미에게 말했다.

그러자 지미 노인은 이안의 마음을 읽었는지 아무렇지도 않은 얼굴로 말했다.

"무슨 일이든 시켜만 주십시오. 어차피 자작님이 아니셨으면 우리 마을은 지난 난리 때 다 죽었을 것인데요."

"후우… 그럼 내 사양하지 않고 말하겠네."

"당연히 그러셔야지요. 목숨을 내어놓으라고 해도 내어놓을 것입니다요. 그러니 아무 부담 갖지 마십시오, 나으리."

지미 노인의 말에 이안은 더욱 미안해졌지만 승리를 위해서라면 어쩔 수 없이 해야만 할 일이기에 망설임을 줄이고 입을 열었다.

"자네도 스벤든 소장의 반군이 이곳을 포위하고 있는 것을 알겠지?"

"물론입니다요. 지금 그것 때문에 병사들 사이에서 소문이 자자한 걸입쇼."

"그들이 무엇을 하고 있는지도 아는가?"

"인근 마을의 장정들을 죄다 잡아들이고 있다는 말을 들었습니다요."

"길잡이를 찾고 있을 것일세. 이곳 임시 요새로 돌아올 수 있는 길을 말이야."

"아… 그런 뜻이 있었구만요. 에구… 젊은 것들이 무슨 죄라고…… ."

지미 노인은 스벤든 소장에 의해서 잡혀 있는 젊은 청년들을 걱정하며 혀를 찼다.

"내가 부탁하려고 하는 것은 자네가 그들에게 길을 알려줬으면 하는 것일세."

"네? 저보고 길을 알려주란 말씀이십니까요? 아이구! 저는 그런 짓은 안 합니다요. 어떻게…… ."

"아니, 꼭 해줘야 하네. 그들을 매복으로 한 번에 잡아낼 생각이니까."

"아… 그, 그렇구만요."

지미는 무슨 뜻인지 그제야 이해를 했는지 고개를 주억거리며 뭔가를 생각했다.

"저는 필경 그 자리에서 죽겠구만요. 매복에 걸리면 길잡이를 한 저부터 죽일 테지요."

"아마도 그럴 걸세… 미안하네."

이안이 진심으로 미안하다는 말을 건네자 지미 노인은 누런 치아를 드러내며 웃었다. 그리고 자신은 괜찮다는 듯이 가슴을 탕탕치며 말했다.

"흐흐! 괜찮습니다요. 어차피 한 번 가는 거 멋들어지게 죽는 것도 복이지요. 암요!"

"후우……."

"저 그란데 청이 하나 있습니다요."

"뭐든 말을 해보게. 자네의 청은 내 어떻게든 들어주겠네."

이안이 말하자 지미 노인은 활시위를 당기고 있는 병사들 가운데 있는 청년을 가리켰다.

"저놈이 제 아들놈입니다요. 이름은 텔리라고 하는데… 저놈을 자작님께서 거둬주시면 안 되겠습니까요? 제 아들이라 그런 것은 아니지만 힘이 장사라 데려다 쓰실 만하실 거구만요."

이안은 지미가 가리킨 텔리라는 청년을 보았다. 이제 갓 젖

살이 빠지기 시작한 것으로 보아 나이는 18살이나 많아야 20살 정도로 보이는 지미의 젊을 적 모습을 보는 것 같은 청년이었다.

190에 달하는 키에 사냥을 하려고 숲을 뛰어다닌 탓인지 근육도 탄탄한 것이 잘만 가르치면 제법 물건이 될 만해 보였다.

"내 책임지고 저 텔리라는 청년을 기사로 만들어주겠네. 그게 안 되면 기간트 라이더로라도 만들어주지. 그건 내 이름을 걸고 약속하겠네."

이안의 확언에 지미는 희미한 미소를 지은 채 허리를 숙였다.

"감사합니다요. 어려서 지 어미를 잃고 방황도 많이 했던 녀석이구만요. 잘 부탁드리겠습니다요."

"아닐세. 내가 부탁해야 하는 일인데……."

지미는 손사래를 치며 싱글벙글이었다. 아들이 왕국의 떠오르는 영웅인 이안의 기사가 되는 모습을 상상이라도 하는지 그 미소는 영원히 사라지지 않을 것만 같았다.

쎄엑! 퍼억!

갑자기 날아든 화살에 멧돼지 한 마리가 죽어나갔다.

어지간한 실력으로는 맞추기도 어려울 텐데 두개골을 관

통하여 한 방에 즉사시킨 것으로 보아 대단한 사냥꾼임이 분명했다.

"누구냐! 썩 나오지 못할까?"

8사단 휘하의 장교 하나가 화전민 마을을 수색하다 날아든 화살에 고함을 버럭 내질렀다.

병사들은 창을 겨누며 화살이 날아든 곳으로 경계를 하며 접근할 때 늙수구레한 사냥꾼 하나가 나타났다.

"인근 산에 사는 사냥꾼입니다요."

허리에 채워진 벨트에 여러 마리의 작은 사냥감들이 묶여 있었다.

검게 그을린 피부나 얼굴에 진 주름과 투박한 손등을 보았을 때 누군가 위장한 모습은 절대 아니었다.

게다가 갖추고 있는 복장 하나하나가 노련한 사냥꾼이 하고 있을 것들이라 의심을 풀었다.

"이 마을은 사람이 살지 않는 거 같은데 어떻게 된 건지 아느냐?"

장교의 물음에 지미 노인은 손사래를 치며 대답했다.

"에구! 말도 마십시오. 지난 가을에 몬스터들이 떼거지로 몰려들지 않았겠습니까요. 그때 대부분 죽고 나머지 산 사람들은 다른 곳으로 갔습지요."

"정말인가?"

"아이구! 그런 걸로 거짓말을 할 이유가 어디 있다굽쇼."

"그런데 너는 왜 안가고 남아 있느냐?"

"평생 사냥꾼으로 살아왔는데 어디로 가겠습니까요. 사냥만 해도 한입 풀칠은 할 수 있으니 남아 있는 겁지요."

"그렇구나… 한 가지만 더 묻겠다."

"예예, 물어보십시오."

"사냥꾼으로 꽤 오랫동안 살아온 거 같은데 저 헬카이드 산맥의 지리를 잘 아느냐?"

"흐흐! 소싯적에는 이 근방 최고의 사냥꾼으로 알아주던 몸이었습죠. 헬카이드 산맥이야 늘상 드나들던 곳인 걸입쇼."

장교는 지미를 유심히 살펴보았다.

그러나 어느 한구석 의심스러운 부분을 발견할 수 없었다.

사냥꾼은 강심장을 소유해야 하는 직업이었다.

거기다 목숨을 건 지미의 능청스러운 연기까지 더해지자 완전히 믿게 된 것이었다.

"우리 일을 도와야겠다. 같이 가도록 하지."

"예? 일을 돕다니요……. 저기 늙은 사냥꾼이 무슨 일을 할 수 있겠습니까요. 살려주십시오, 나리!"

머리를 연신 조아리며 살려달라고 애원하는 지미를 보며 장교는 냉혹한 표정으로 윽박질렀다.

"누가 죽인다더냐. 잠자코 따라오너라. 잘만 하면 두둑한 포상금도 내릴 것인즉!"

"네? 네… 알겠습니다요……. 히끅……."

지미는 체념한 표정으로 장교를 따라 나섰다.

그러나 남들이 보지 못하게 되자 지미의 얼굴에 해냈다는 작은 안도감과 희열이 스쳐 지나갔다.

"사실을 고해야 할 것이다. 알겠느냐!"

영관급 이상의 장교들만 모인 자리에 지미가 불려 나갔다.

그는 다른 곳에서 잡아들인 청년들과 대질심문 같은 것을 거친 뒤에야 이 자리로 불려올 수 있었다.

"그러믄입쇼. 사실대로 고하겠습니다요."

벌벌 떨지는 않지만 어지간히 겁을 먹은 모습에 스벤든 소장은 손을 들어 윽박지르는 장교를 제지했다.

"그만 하거라."

"예, 장군!"

장교가 물러나자 스벤든 소장은 자상한 미소를 지은 채 지미 노인에게 물었다.

"30년 넘게 사냥꾼으로 살아왔다고?"

"예, 나리."

"헬카이드 산맥에 대해서도 네가 가장 잘 알고 있다고 들었다. 맞느냐?"

"30년을 넘게 드나들었는 걸입쇼. 짐승들이 다니는 길까지 꿰고 있습지요."

"지도를 가져오라!"

"충!"

장교 하나가 지미 노인의 앞에 군사작전용 지도를 내려놓았다.

상세하게 등고선까지 표시된 지도를 보는 지미 노인은 이게 뭐냐는 듯한 눈으로 두리번거렸다.

"제, 제가 까막눈이구만요. 이게 뭐하는 것인지 모르겠습니다요……. 헤헤헤!"

비굴한 표정으로 그리 말하는 지미 노인에게 스벤든 소장은 장교 하나에게 손짓했다.

"지도다. 여기 하얗게 표시된 곳이 지금 네가 있는 곳이고 저기 붉게 표시된 곳이 적들이 있는 곳이다. 너도 들어서 알고는 있겠지?"

"아… 그때 싸움이 크게 벌어졌던 곳을 말씀하시는 거 같구만요. 거기라면 제가 잘 알고 있습지요."

"그래? 그럼 그들이 진을 치고 있는 바위산 위쪽으로 돌아갈 수 있는 길이 있느냐?"

"돌아가는 길이라굽쇼? 움… 그러니까… 아! 생각났습니다요!"

박수를 짝 하고 치며 지미 노인의 얼굴이 환해졌다.

그러자 스벤든 소장은 자리에서 일어나며 지미 노인의 옆으로 다가왔다.

"길이 있다고 했더냐?"

"네, 있습니다요. 예전에 드워프가 사용했던 철광이었다고 하는 건데 지금은 오랫동안 안 쓴 폐광이 된 곳이 있는데 말입니다요. 입구가 외진 곳에 있어서 아무도 모를 겁니다요. 헤헤!"

손을 싹싹 비비며 뭔가 바라는 듯한 눈빛을 보이자 스벤든 소장은 입꼬리를 살짝 말아 올렸다.

"그 길을 알려주면 네놈에게 금화 100골드를 상으로 내리겠다. 어떠냐? 그 길을 알려주겠느냐?"

"헉! 100골드를 주신단 말입니까요? 이르다 뿐이겠습니까요. 알려드려야 하고 말굽쇼!"

지미 노인은 100골드라는 말에 눈이 뒤집힌 사람처럼 필사의 연기를 선보였다.

그 모습에 스벤든 소장과 다른 장교들도 한 터럭의 의심조차 하지 못하고 의미심장한 미소만 지을 뿐이었다.

"이안! 방어진지 쪽으로 적군이 몰려들고 있다."

"얼마나 왔는데?"

"네 말대로 약간 비어 보이는 수준이지 뭐."

비어보이는 수준이라고 해도 한쪽 방어진지마다 적어도 5천 이상의 병력이 배치된 것이었다.

하나하나가 임시 요새의 병력을 압도하는 수준이기에 방심할 수는 없었다.

'전면에 배치했다는 말은 지미가 제대로 잠입을 했다는 소리인데… 그럼 곧 준비를 해야겠군.'

헬카이드 산맥에는 여러 곳에 폐광이 존재했다.

오랜 세월 이전에 드워프 일족의 누군가가 만들었던 광산이 세월이 흐름에 따라 잊혀진 곳들이었다.

그중 이안이 선택한 곳은 임시 요새의 뒤쪽으로 뚫린 폐광 중에 하나로 임시 요새의 뒤편까지 실제로 이어진 곳이었다.

'일단 병력은 배치를 해두었으니 저놈들이 어떻게 나오나 봐야겠군.'

이안은 작전계획대로 서쪽 방어진지를 안드레아에게 맡기고 가운데 진지를 직접 맡아서 방어하기로 했다.

남쪽의 방어진지는 가장 협소하고 막기에 용이한 곳이라 부담이 덜하기에 밀튼이 맡았다.

둥! 둥! 둥! 둥!

적진에 병력배치가 일자대형으로 넓게 펼쳐져 있었다.

아마도 마동포가 있다는 것을 알게 되자 그에 맞춰서 넓게 배치하여 마동포의 위력을 반감시키기 위함으로 보였다.

"왔냐?"

별동대를 맡고 있는 맥컬리는 뒤도 돌아보지 않고 말했다. 아마도 익숙한 기운을 느끼고 이안임을 알아본 것이었다.

"새끼, 사람이 왔으면 좀 보고 말해라."

"미친 자식! 새까만 남자새끼는 관심 없다. 에일리라면 또 모를까. 크크크!"

"에일리라… 확실히 예쁘기는 하지. 후후!"

에일리는 던전을 지키는 가디언이기에 지금은 던전에서 아레나의 교육을 받으며 힘든 하루하루를 보내고 있었다.

'오랫동안 못봤는데 잘 지내나 모르겠군.'

에일리의 귀여운 모습을 떠올리니 자신도 모르게 입가에 미소가 번졌다.

볼 때마다 주인이라고 부르며 안겨드는 에일리였기에 안는 재미가 쏠쏠했던 것이다.

"어때 보여?"

상상은 맥컬리의 물음에 의해서 깨어졌다. 그의 물음에 적진을 다시 살피는 이안의 눈매가 매섭게 변했다.

"쉽게 공격할 거 같지는 않다. 내 예측대로 며칠 지체한 것 때문이겠지."

"근데 진짜 그 길로 올까?"

"후후! 다른 길이 없으니 올 수밖에 없을 거다. 아마 먼저 척후대를 보내겠지만 별다른 이상을 발견하지 못할 테니까."

척후대가 온다고 해도 아무도 감시하지 않는 굉도의 끝에서 슬쩍 보고 가는 수준일 것이었다.

무턱대고 온다면 문제가 되겠지만 그건 강철의 모루일족의 도움으로 감시할 수 있는 공간을 만들어 두었으니 문제는 없었다.

"일단 반응을 좀 떠봐야겠다."

"그럴래?"

"후후! 사운드 앰플리케이션!"

후웅! 지이이잉!

이안의 바로 앞에서 마나가 모여들고 기이한 울림을 토해냈다. 그러자 이안은 그곳에 대고 적들에게 말했다.

─어이! 왔으면 인사나 좀 하지? 나 이안 레이너 중령이다. 적장은 누구냐?

이안의 음성이 마법에 의해 증폭되어 사방에 웅웅거리며 퍼져 나갔다.

─스벤든 소장이다. 이안 중령!

스벤든 소장이 직접 나선 것을 보면 이쪽으로 모든 신경을 집중하게 만들려는 의도로 보였다.

적장에게 집중하게 되는 것은 인간인 이상 어쩔 수 없는 반응일 것이고 그것을 노리는 스벤든 소장은 최대한 시간을 끌며 신경을 건드리는 작전을 쓸 것이 분명했다.

―이런… 스벤든 소장님께서 오실 줄은 몰랐군요. 그래도 제가 조금은 존경하던 분인데 말입니다.

―하하하! 이거 영광이라고 해야 하나? 락토르 왕국의 떠오르는 영웅인 중령이 존경하던 인물이 나라니 말이야. 껄껄껄!

스벤든이 너털웃음을 터뜨리자 이안은 마음이 조금은 울적해졌다.

헥토르 후작의 휘하 장군들 중에서 몇 안 되는 뛰어난 군인이 스벤든 소장이었고 그런 그와 맞상대를 해야 하는 것이 안타까웠던 것이다.

―언제 오실 겁니까? 다른 장군들이라면 막말을 하겠지만 스벤든 장군님께서 오셨으니 존칭을 해드리겠습니다. 최소한의 예우로 말입니다.

―껄껄껄! 지난번 전투에서 죽은 커런트 장군은 중령에게 욕을 먹었겠구만.

―후후! 뭐 그렇게 됐습니다. 반란군 수뇌에게 존칭을 쓸 이유는 없었습니다.

―정말 재미있는 친구로구만. 그리고 가진 능력도 뛰어나

고. 차라리 헥토르 후작 각하의 밑으로 들어오지 그러나. 자네의 능력이라면 중히 쓰실 것인데 말일세.

─못들은 걸로 하겠습니다. 그리고 또 그런 말씀을 하시면 제 욕을 들을 수 있으실 겁니다.

─하하하! 이거 무서워서 말도 제대로 못하겠구만. 알았네, 내 회유하는 말은 더 이상 하지 않겠네.

스벤든 소장은 말을 돌릴 뿐 가타부타 대답이 없었다.

─아참! 헥토르 각하께서 입수한 첩보에 자네 부대에 마동 포가 있다고 하던데 한 번 보여줄 수 있겠나? 내 로크 제국의 마동포가 대단하다는 말은 들었지만 실제로 보지는 못해서 말일세.

친근한 지기에게 부탁이라도 하듯이 말하는 스벤든 소장의 말에 이안은 피식 웃고 말았다.

'한 번 위력을 보이는 것도 나쁘지는 않겠지.'

철환을 빼고 쏘아도 마동포의 위력은 대단한 파괴력을 발휘할 수 있었다.

5클래스의 에어블래스트 마법이 5중첩되어 터져 나가기 때문에 100미터 안에서라면 오히려 철환을 빼고 쏘는 것이 더 큰 파괴력을 보이는 무기였다.

"맥컬리, 준비해라. 철환을 빼고 발사해. 전부는 말고 한 12대 정도만."

"마동포 숫자를 줄이는 것은 알겠는데 철환을 빼고? 그럼 그냥 바람만 나가는 거 아냐?"

"맞아. 사거리를 보여줄 필요는 없으니까 그렇게 쏘라는 거야."

"아하! 알았으."

맥컬리는 마동포 사수들에게 가서 철환을 빼고 쏘라는 지시를 내렸다.

사수들은 그간 피나는 노력 끝에 제법 노련한 사수들이 되어 있었다.

"한곳에 집중시켜라. 그래야 놀랄 테니까."

"예, 중령님!"

맥컬리의 말에 포대의 사수들이 투사각을 조정하여 한곳에 화력을 집중시켰다.

"명령을 내려주십시오."

"좋아! 발사!"

"발사하라! 발사!"

후웅! 지지지지징!

마력이 모여들고 마동포의 포신이 밝게 빛났다. 마나의 빛이기 때문에 숨길 수도 없는 것이라 그것을 보는 적병들의 눈이 번쩍거렸다.

후웅! 쿠앙! 콰콰콰콰쾅!

도합 12대의 마동포가 일제히 에어블래스트 마법을 뿜어냈다. 한곳에 집중되어 날아가는 마동포의 마법사격은 엄청난 위력으로 나타났다.

콰앙! 콰드드드드둥!

땅이 뒤집어질 정도로 엄청난 폭음과 마나의 폭발이 가져오는 후폭풍은 시야를 가릴 정도의 흙먼지를 만들어냈다.

'휘유! 내가 봐도 놀라울 정도의 위력이다.'

사거리는 에어블래스트 마법의 폭발로 이루어지는 것이기에 그다지 길지 않았다.

철환은 에어블래스트 마법의 힘을 이용하여 쏘아지는 것이라 멀리가지만 마법은 실제로 200미터 안쪽까지밖에 날아가지 못한 탓이었다.

—호오! 정말 대단하구만. 그런 마동포를 가지고 있으니 든든하겠네그려?

—든든할 거까지야 있겠습니까. 그냥 백인대 하나 정도는 순식간에 날릴 수 있다는 정도겠지요.

실제로 이번 위력시범에서 드러난 위력은 100미터 정도의 범위를 초토화시키는 정도였다.

그것만 해도 엄청난 위력이라고 할지 모르겠지만 넓게 산개해서 쳐들어오는 적들에게 쏘는 거라면 백인대도 가까스로 전멸시킬 정도일 것이었다.

─아무튼 잘 봤네. 그 마동포 무서워서 어디 공격이나 하겠는가? 하하하!

─그럼 그냥 회군하시는 것은 어떻겠습니까? 존경하는 스벤든 소장님과 싸우는 것은 저로서도 그다지 내키지 않는데 말입니다.

─껄껄! 나도 그러고 싶네만. 명령을 받았으면 어쩔 수 없이 싸워야 하는 존재가 군인이지 않은가. 아무튼 한 번 신명 나게 싸워보세나.

─후후! 그렇습니까? 그럼 어쩔 수 없는 노릇이죠. 언제든 오십시오, 만반의 준비를 다 해두었으니까요.

─그럼 조심하게나.

마지막 말을 끝으로 스벤든 소장은 일체의 대꾸도 없었다.

그로서도 어느 정도 마동포에 대한 것을 알아냈으니 이야기를 할 이유가 없었다. 전쟁은 말이 아닌 창칼로 하는 것이 아니던가.

"다녀왔습니다, 장군!"

8사단 소속의 갑옷을 입은 대위 계급의 장교가 스벤든 소장 앞에 무릎을 꿇고 군례를 올렸다.

어딘가를 바쁘게 다녀왔는지 온통 흙투성이인 채였다.

"확인을 했느냐?"

"예, 저자의 말대로 동남부 능선을 따라 굉도가 존재했습니다. 끝은 적군의 요새에서 그리 멀지 않은 곳으로 약간의 작업만 거치면 되는 곳이었습니다."

"넓이는 어느 정도이더냐? 안정성 여부도 보고하라."

"속하가 보기에 한 번에 1개 연대도 충분히 통과할 수 있는 넓이였습니다. 그리고 드워프들이 만든 굉도라고 하더니 오랜 세월이 흘렀음에도 안정성은 뛰어나 보였습니다."

"오오! 그거 잘 되었다. 하하하! 이거야 말로 하늘이 우리를 돕는 것이 아니고 무엇이겠는가!'

스벤든 소장은 굉도의 발견과 그곳을 통해서 임시 요새의 뒤쪽으로 돌아갈 수 있다는 것에 하늘에 감사하는 마음이었다.

'뒤로 돌아가는 길을 알아냈다고 해도 그것을 가릴 작전이 필요하겠지. 저 어린아이가 꽤 뛰어난 전략통이라고 들었으니… 무엇이 좋을까?'

스벤든 소장은 이안의 눈을 가릴 무언가를 보여줄 생각에 골몰했다.

그러다 출전하기 전에 헥토르 후작에게 들었던 헬카이드의 배꼽에 있는 드워프 마을과 관련된 작전을 떠올렸다.

'마르틴 백작이 절벽을 깎아서 길을 만들었다고 했던가?

그렇다면… 그렇게 하면 되겠구나. 흐흐흐! 이안 중령… 그대는 어떤 방법으로 막을지 궁금해지는군.'

스벤든은 30대의 기간트를 실어올 때 사용했던 기간트 캐러밴을 보며 입꼬리를 살짝 말아올렸다.

강철빔으로 만들어진 외장은 어지간한 공격으로 부술 수 없는 캐러밴이 저들의 눈을 가려줄 것이었다.

쿠구구구구궁!

굉음을 일으키며 서서히 다가오는 기간트 캐러밴의 모습은 약간 괴상한 모습으로 비쳐졌다.

"저것들 도대체 뭐하는 짓이지?"

"낸들 알겠냐. 뭔가 가득 싣고 오는 거 같기는 한데……."

친구들은 이른 아침부터 시작된 움직임에 신경을 곤두세웠다.

기간트 캐러밴을 거꾸로 운행하여 서서히 다가오는데 기간트가 실려야 할 캐러밴에 흙을 가득 싣고 있었다.

'저 정도로 흙을 채웠다면 마동포로도 쉽게 파괴하기 어렵겠는데?'

캐러밴의 길이는 20여 미터에 달한다. 그러니 화물을 싣는 부위에 실린 흙도 그 정도의 길이라고 봐야 했다.

마동포로 철환을 쏘아낸다고 해도 장력에 의해서 흙집의

절반도 뚫지 못하고 막히게 될 것이 분명했다.

'다행이라면 우리가 고지대에 있다는 것인데…….'

그래봐야 기간트 캐러밴의 마나엔진이 있는 부위를 타격할 수는 없었다.

캐러밴의 짐칸에 높게 쌓아놓은 흙들 때문이었다.

"이안! 어떻게 해야 하는 거냐?"

맥컬리의 물음에 이안은 일단 지켜보는 수밖에 없다는 판단을 내렸다.

어떤 움직임을 보이는지 두고 보았다가 그에 맞는 대응을 해야 했다.

"일단 지켜본다."

"아무것도 안 하고?"

"흙더미 때문에 직접 타격도 어려워. 괜히 마나석만 낭비할 뿐이다. 지금은 지켜보는 수밖에 없어."

"흠… 네 말을 들으니 그럴 것도 같기는 하다만… 뭐, 자작 각하께서 하시는 말씀이니 믿어야겠지. 크크크!"

맥컬리의 농담에 이안은 빙그레 미소를 지으며 적진을 유심히 관찰했다.

'대륙 전쟁사를 보면 흙을 쌓아서 성벽의 높이와 맞춰서 싸웠던 공성전이 몇 번 있었다. 그것을 흉내내는 거라면… 암도작전과 맞물려서 생각할 때 오늘은 아니겠군.'

스벤든 소장이 꾸미는 계략에 무엇인지 대강 감이 섰다.

아마도 그는 며칠 동안 캐러밴을 이용해서 흙을 실어 나를 것이었다.

그러다 토성이 올라가는 것에 이쪽이 대응을 하면 그때를 노려 굉도를 통해서 우회하는 작전을 펼칠 것이 분명했다.

'타격할 수 있는 방향을 모두 막기 위해서 캐러밴을 일렬로 딱 붙여서 오는군. 후후! 제법 머리를 굴렸군.'

두고 볼 때 보더라도 최소한 무슨 행동은 취해야 했다.

그래야 저들도 안심하고 자신들의 작전대로 움직일 것이니 말이었다.

"맥컬리!"

"말해."

"저놈들한테 마동포를 좀 갈겨줘야겠다."

"응? 아까는 지켜보기만 한다며?"

"정통으로 맞추지 말고 흙더미를 때려서 막을 방법이 없다는 것을 적에게 보여줘."

"야! 막을 방법이 없다는 걸 보여줘서 뭐하게? 병사들 사기 떨어지게."

"후후! 누가 방법이 없다고 했냐. 저놈들이 그렇게 여기도록 쏘라는 거잖아."

"그래? 그 정도야 누워서 스프 떠먹기지. 기다려 봐!"

맥컬리는 마동포 사수들에게 달려가 이안의 말을 전했다.

처음에는 이해하지 못했던 사수들도 적을 속이기 위함인 것을 알자 개구쟁이 악동들처럼 표정을 지어 보이며 마동포를 움직였다.

후웅! 쿠콰콰콰콰쾅!

12문의 마동포가 일제히 철환을 뿜어냈다.

강렬한 기세로 날아가는 마동포의 철환이 목표로 한 기간트 캐러밴의 짐칸을 사정없이 강타했다.

콰앙! 쾅! 퍼퍼퍼퍼퍽!

흙더미에 끼어 있는 바위에 부딪힐 때만 큰 굉음을 냈을 뿐 흙더미를 뚫지 못하고 그대로 막혀 버렸다.

덕분에 반란군 진영에서는 병사들이 내지르는 환호 소리가 전장을 가득 매웠다.

'한 번만 더 쏘고 난 다음 멈추는 것이 좋겠군.'

이안은 다시 한 번 쏘라는 신호를 보냈고 마동포의 마나가 채워지자마자 곧바로 이차 사격이 가해졌다.

하지만 애초에 짐칸을 노리고 쏘는 것이라 전과 같은 결과만 낳았을 뿐이었다.

'토성이냐… 아니면 기간트를 흙더미에 가리고 올라오는 것이냐… 그것이 문제로군.'

이안은 저렇게 기간트 캐러밴을 움직이는 것이 어떤 목적을 가지고 하는 행위인지 가늠하기 위해 골몰했다.

이제 싸움은 본격적으로 진행될 것이고 그것에 의해서 피해의 경중 여부가 정해질 것이었다.

8장

모두 움직이자 매

　며칠 동안 이루어진 기간트 캐러밴을 이용한 흙 나르기는 30여 미터가 넘는 토성을 중앙 방어진지 앞에 만들어냈다.

　아직도 200미터가 넘는 방어진지에는 턱도 없는 높이였기에 이렇다 할 작전은 펼치지 않았다.

　삐이이익!

　날카로운 새의 울음소리가 남쪽 하늘에서 울렸다.

　사냥꾼들이 사냥의 동반자로 키우는 아이언호크가 허공에서 원을 그리며 빙빙 돌았다.

　날개를 활짝 펴고 활강하듯이 나는 아이언호크의 늠름한

자태에 요새의 병사들은 무척이나 아름답다는 생각을 할 때였다.

'드디어 시작인가!'

이안은 사냥꾼들의 도움을 받아 폐광으로 이르는 길에 아이언호크를 일부러 띄워놓았었다.

낮에는 수십 킬로미터 밖에 있는 목표물도 볼 수 있을 정도로 시력이 뛰어난 아이언호크의 눈을 피해서 적들이 들어올 수는 없기 때문이었다.

"맥컬리! 여길 맡아라."

"알았다. 여긴 내가 알아서 할 테니까 그놈들 개박살을 내버려. 알았지?"

"후후! 걱정마라. 30분 뒤에 증원병력을 보내는 거 잊지 말고."

"큭! 알았으니 가기나 하시죠, 이안 자작나리?"

이안은 맥컬리에게 부대 지휘를 맡기고 임시 요새의 뒤편에 있는 폐광의 입구로 달려갔다.

아무도 지키는 이가 없어서 적들도 마음놓고 부대를 움직일 것이었다.

파파팟!

바위를 밟고 또 다른 바위로 뛰어 오르는 이안의 움직임은 비호처럼 빠르고 민첩하게 이루어졌다.

밤에 잠을 자지 않을 정도로 수련에 몰두한 덕분에 점점 더 늘어가는 마나의 영향인지 도약하는 거리가 10여 미터에 이를 정도였다.

'마스터에 이른다면 그 움직임은 어느 정도일지 모르겠군.'

지금 단계는 익스퍼트 최상급의 끝자락이었다. 그럼에도 이런 움직임을 보여주는 것이니 마스터는 도대체 얼마나 될지 감이 서질 않았다.

'척후조가 먼저 와 있었군.'

이안은 달리던 걸음을 멈추고 바위 뒤로 몸을 숨겼다. 멀리 폐광이 보이는 곳에서 느껴지는 적들의 마나에 반응하여 그들이 감지할 수 있는 범위 밖에 숨어들었다.

'모두 열두 명… 전원이 익스퍼트급의 기사들이다.'

이안의 감에 잡힌 자들은 모두 은신하여 혹시 모를 경계병력을 처리하기 위한 목적을 띈 자들이었다.

'일단 제압하고 봐야겠군.'

폐광으로 부대를 투입하는 일은 지휘관이라면 피해야 할 선택임에는 분명했다.

입구를 막아버리면 어디로도 나가지 못하는 상황에서 피해를 강요당하기 때문이었다.

그 때문에 저들을 제압했을 때 적들이 물러설 수도 있으니 어떤 신호로 움직이는지를 알아내야 했다.

'아티팩트의 도움을 좀 받아야겠군.'

이안은 열두 명의 눈을 피해서 접근하기 위해서 아티팩트를 꺼냈다.

흑마법의 일종인 하이드 마법은 몸을 감추고 이동할 수 있어서 이런 상황에서 유용한 능력이었다.

"하이드!"

후웅! 스슷!

몸이 그림자 속으로 스며들듯이 사라졌다. 자신의 눈에는 흐릿한 모습만 보일 뿐이어서 적들의 눈을 피해 접근하기에는 최고의 선택이었다.

'이런… 마법사가 숨어 있었군.'

근처까지 접근하자 그제야 눈에 들어온 자는 익스퍼트급의 기사가 아닌 마법사였다.

기사처럼 복장을 갖추고 있어서 기사로 오인을 했지만 근처에 이르자 마나의 질이 다른 것으로 파악할 수 있었다.

'제일 먼저 죽여야 할 자다.'

다른 기사들이 죽어갈 동안 마법 수정구로 연락을 취한다면 모든 일은 틀어지고 말 터였다.

'명복은 빌어주마…….'

이안은 부츠에 꽂혀 있는 단검을 뽑아 손에 쥐었다. 단 한

번에 격살을 시켜야 하기에 최대한 적들에게 다가가 틈을 노렸다.

피릿! 쎄에에엑!

이안의 손을 떠난 단검이 무지막지한 힘을 동반하며 일직선으로 허공을 갈랐다.

퍼걱!

이마에 명중한 단검이 두개골을 뚫고 나와 뒤통수에 뾰족한 검날을 드러냈다.

"적이다!"

마법사의 죽음에 버럭 소리를 지르며 검을 뽑아든 기사들이 이안을 향해 달려 나왔다.

마법사가 죽은 것은 안타까운 일이지만 그로인해 적을 발견한 것이 다행이라는 눈빛들이었다.

아마도 이안이 홀로 달려들기에 그런 생각을 한 것이었다.

"타앗!"

"죽어라, 이놈!"

기사들은 살기등등한 움직임을 선보이며 검세를 펼쳐냈다. 락토르 왕국의 기사들이라면 누구나 익히고 있는 체스트 24식을 기반으로 자신들만의 심득을 담은 검세들이었다.

폭포가 떨어지듯이 웅장한 강격과 그에 이은 파도처럼 퍼져 나가는 베기가 이안을 향해 집중되었다.

타탓! 파앗! 쉬이익!

이안은 기사들의 집중 공격을 피해 움직이며 오른쪽으로 달려가다가 기사 하나를 베어내며 급반전하여 뒤를 노리는 기사를 갈랐다.

"브레이브소드 7식 트리플 슬래쉬!"

한 번에 쇄도해 들어오는 기사들을 향해 강력한 공격 기술을 펼쳐내며 맞부딪혔다.

"물러서!"

이안의 검세에 실린 강력한 힘을 인지한 기사들은 뒤로 물러서려 했다.

그러나 이안의 검이 쭈욱 늘어나며 물러서는 기사들을 덮쳤다.

"크악!"

"끄르륵!"

목을 부여잡고 쓰러지는 선두의 기사를 시작으로 좌우에서 벗어나려 했던 기사들은 오러스레드에 의해 사선으로 잘려져 죽어갔다.

"이안 레이너……?"

살아남은 기사 중에 하나가 이안의 이름을 읊조렸다. 확신은 할 수 없지만 오러스레드를 사용하는 자는 이안밖에 없으니 그 이름을 중얼거린 것이었다.

"내가 이안 레이너다!"

이안은 확인이라도 시켜주듯이 강하게 자신의 이름을 말하며 남은 자들에게 공격해 들어갔다.

피릿! 쉬잇! 쉬쉬쉬쉭!

공중으로 뛰어올라 회전하듯 검을 쓸어낸 후 통통 튀어오르는 고무공처럼 기사들에게 쏘아져 나갔다.

때로는 강렬한 기세를 뿜어냈다가 어느 순간에는 변화무쌍한 검세로 쓸어가는 그의 공격에 기사들은 차례차례 죽음을 맞이해야 했다.

쉬릿!

마지막 일격을 기사의 목에 가한 이안의 움직임이 멎었다.

이글이글 타오르듯이 뿜어지던 오러스레드가 서서히 사라지고 그 자리로 붉은 선혈이 뭉우리지며 떨어져 내렸다.

'3분… 생각보다 길었군.'

기사 11명과 마법사 1명을 제거하는데 걸린 시간이 3분이었다.

그들을 처리하고 폐광을 통해서 오는 자들을 상대해야 하기에 생각보다 긴 시간이 걸렸다고 여기는 이안이었다.

"흐읍!"

우르르… 쿠웅!

폐광에서 나오는 길은 사람 하나가 간신히 나올 수 있을 정도로 무너져 있었다.

그곳을 막고 있던 바위를 치우자 제법 넓은 굉도가 모습을
드러냈다.

'저 안으로 적들이 밀려오고 있다는 건가? 후후!'

이안은 싸늘한 조소를 머금으며 굉도 안으로 신형을 날렸
다.

직선거리로 3km는 족히 넘는 굉도였으니 구불구불한 길임
을 감안할 때 적들은 절반 정도 왔을 것이었다.

"앞을 잘 살펴라. 척후대가 갔지만 혹시 모르니까 말이
야."

"염려 마십시오. 쉐린 소령이 척후대를 다시 이끌고 갔으
니 무슨 일이 생기면 바로 전령을 보낼 겁니다."

볼드윈 대령은 스벤든 소장 휘하의 1연대를 이끄는 연대장
으로 꽤 용감한 군인으로 알려진 자였다.

검술 실력도 제법 뛰어나 상급의 익스퍼트에 오른 무인이
기도 했다.

"에릭 대령, 이 폐광이 참 멋지지 않나?"

"하하! 볼드윈 대령님도 참… 하긴 수천 년 전에 만들어진
굉도가 아직까지 튼튼하게 버티고 있으니 대단하기는 합니다
그려."

8사단의 중추라고 할 수 있는 1, 2연대의 연대장들이 뒤로 길게 늘어선 병력들을 이끌고 폐광을 가로지르고 있었다.

느긋하게 길을 가는 그들은 앞선 척후대의 연락이 올 때까지 진군을 서두르지 않았다.

"저기 오는군요."

에릭 대령이 굉도의 반대쪽에서 급하게 달려오는 발걸음 소리에 손짓을 하며 말했다.

주위에 경계를 하며 걷던 장교들이 검병에 손을 가져갈 때 모습을 드러낸 자는 척후로 나갔던 쉐린 소령 휘하의 마스터 서전트였다.

"충!"

"보고하라."

"보고합니다. 전방은 깨끗합니다. 계속해서 진군하시라는 쉐린 소령의 전언입니다."

"그런가? 알았으니 다시 돌아가서 상황을 전달하도록!"

"명!"

마스터 서전트가 다시 잰걸음으로 돌아가고 두 대령은 활짝 웃으며 진군을 서둘렀다.

적들이 모르고 있을 때 기습하여 앞뒤로 압사시키는 작전을 펼칠 생각으로 가슴이 서서히 뛰기 시작했다.

"속도를 조금 더 올리도록 하세."

"그렇게 하시죠."

두 대령의 명령을 받은 장교들이 뒤쪽으로 속도를 올리라는 명령을 전파했다.

그러자 이전처럼 느릿한 걸음이 아닌 속보에 준하는 걸음으로 바뀐 병사들의 움직임이 힘차게 이루어졌다.

"이제 얼마나 남은 거지?"

"지난번에 왔을 때를 생각해 보면 2/3지점을 통과하는 겁니다."

뒤에서 장교 하나가 대답하자 볼드윈 대령은 대략적인 시간을 재어보았다.

마나를 다루게 되면 일정한 흐름을 가지게 되고 그것을 통해서 대략적인 시간의 흐름을 느낄 수 있었다.

크아악!

갑자기 굉도를 통해서 울리는 소리에 볼드윈 대령은 손을 들어 행렬을 제지시켰다.

"왜 그러십니까?"

"자네는 못 들었나?"

"무슨 소리를 말씀하시는 건지……."

너무 작은 비명이라 듣기 어려웠을 수도 있었다. 하지만 자신의 귀에는 너무도 또렷하게 울린 비명이었다.

"우고 소령!"

"하명하십시오."

"특수수색대를 이끌고 전방에 무슨 일이 있는지 살펴도록!"

"명!"

우고 소령이 일단의 병력을 이끌고 앞으로 내달렸다.

뭔가 불길한 생각이 볼드윈 대령의 마음을 무겁게 할 때 강렬한 굉음이 폐광을 뒤흔들었다.

콰아앙! 우르르르르룽!

지진이라도 일어난 것처럼 흔들리는 폐광의 굉도. 그 여파로 인해 천장에서 돌이 떨어져 내렸다.

"좌우로 붙어라! 어서!"

그 불길했던 감각이 무엇 때문인지 알게 된 볼드윈 대령은 이를 앙다물었다.

소리가 난 곳을 따져볼 때 자신들이 들어왔던 입구 쪽이 무너져 내린 것 같았다.

드드드드드드……

어느 순간 미친 듯이 울려대던 진동음이 멎고 뿌옇게 흩날리는 흙먼지가 숨을 막히게 만들었다.

"피해 상황을 파악하라! 어서!"

"옙!"

장교들이 급히 뒤로 달려가고 얼마 지나지 않아서 되돌아왔다.

2천여 명의 병력이 움직였지만 타이트하게 진군한 탓에 맨 후미까지의 거리가 그리 멀지 않았기 때문이었다.

"피해상황은 없습니다. 다만……."

"다만 뭐?"

"입구가 막혔습니다. 완전히 무너져 내린 모양입니다."

"이런… 별 수 없지. 강행군으로 전환한다. 전속으로 돌파하라!"

"충!"

제일 선두로 나선 볼드윈 대령이 검을 뽑아든 채 앞장서서 달렸다.

그 뒤를 미친 듯이 병사들이 따라 뛰며 완만한 경사가 진 길을 돌파해 나갔다.

"어서들 오라고."

앞서 내보냈던 척후대의 마스터 서전트의 시체가 나뒹굴고 있는 곳에서 한 사람이 자신들을 맞이하는 것에 볼드윈 대령은 걸음을 멈춰야 했다.

"큭! 혼자 우리를 막으려고 하는 건가?"

미친 짓이라는 소리가 목구멍까지 올라왔지만 꾹 눌러 참으며 물었다.

"막을 수 있으니 혼자 있는 거 아니겠어?"

오히려 반문하는 이안의 모습에 볼드윈 대령의 눈에 의문이 감돌았다.

아무리 뛰어난 실력자라고 해도 2천이 넘는 병력이 밀려들면 막을 수 없었다.

어쩌면 마스터라면 가능할지도 모르지만 장소가 너무 협소한 탓에 마스터의 이점도 사라지는 마당이 아니던가.

"훗! 어리석은 놈… 쳐라!"

볼드윈 대령이 뒤쪽에 다가온 장교들을 향해 명령을 내렸다.

장교들은 적어도 마나유저 최상급이거나 익스퍼트에 오른 이들이니 한 명의 적이 대단하다고 해도 충분히 상대할 수 있었다.

피잉! 콰르르릉!

이안의 손이 움직이고 그의 손에 잡혀 있는 은빛의 와이어가 굉도를 받치고 있는 굉목을 잡아 당겼다.

그러자 장교들이 달려오려고 하는 바로 앞쪽의 굉도가 무너져 내렸다.

한쪽만 무너져 내린 탓에 반쯤 막혀버린 굉도로 인해 장교들은 일제히 멈춰야 했다.

"모두 움직이지 마. 그러다 전부 매몰될 테니까 말이야. 보이지, 이 와이어 말이야. 당기면 굉도가 무너지게 만들어진 거거든. 시험해 보면 알게 될 거야. 네놈들이 매몰당하게 된다는 걸. 후후후!'

"뭐라? 무슨 말……."

볼드윈 대령은 말도 안 되는 소리라고 고함을 지르려다 말고 눈을 부릅떠야 했다.

'거리가 적어도 50미터… 도저히 제압할 수 없는 거리인데… 제길!'

볼드윈 대령은 이안의 손에 잡혀 있는 와이어가 어디에 연결되어 있는지 볼 수 있었다.

굉도를 지탱하는 굉목에 연결된 와이어들이 적어도 20미터에 달하는 공간에 해당했다.

"거기 네놈! 움직이지 말라는 내 말 못 들었나? 움직이는 순간 이 와이어에 연결된 굉목들이 무너진다니까? 수틀리면 잡아당길 거야. 그럼 굉도는 무너지겠지? 후후! 아마 무너지면 아주 볼만할 거야. 그 뒤는 상상에 맡기도록 하지."

"으득… 비겁한 새끼……."

볼드윈 대령의 입에서 흘러나오는 비겁하다는 말에 이안은 손가락을 가로저었다.

"비겁은 너희들 전매특허고. 이렇게 뒤통수를 치려고 부대를 몰고 온 것이 그 증거니까 헛소리는 사양할게."

"빠드득……."

심하게 울리는 이 갈리는 소리에 이안은 빙그레 미소를 지으며 말했다.

"선택하도록! 항복인지 아니면 죽음인지 말이야."

이안의 물음에 볼드윈 대령은 방법이 없다는 것을 깨달았다.

애초에 이런 꿩도를 따라서 적을 공격한다는 것 자체가 넌센스였다.

"항복한다."

"안 됩니다, 연대장님!"

"꿩도에 매몰되면 빠져나갈 방법이 없다. 어처구니가 없지만 지금은 순응해야 할 때다."

"으음……."

휘하의 장교들은 싸워보지도 못하고 항복해야 하는 상황에 이를 갈았다.

그러나 달리 방법이 없었으니 지금의 상황에 순응해야만 했다.

"항복을 선택했나? 후후! 현명한 선택을 했음을 축하한다."

"개자식… 크윽……."

챙강!

볼드윈 대령이 분통을 터뜨리며 검을 앞으로 집어 던졌다.

그러자 휘하의 장교들이 하나둘씩 검을 떨어뜨리며 울분을 삼켜야 했다.

"대장님! 저희가 왔습니다."

10641백인대 시절의 부하들이 주축이 되어 우르르 몰려왔다.

선두에는 피터와 맥기가 부대원들을 통솔한 채 무기를 꼬나쥐고 있었다.

"몇 명이나 왔지?"

"맥컬리 중령님께서 300명은 가야 할 거라고 해서 남은 병력을 모두 데리고 왔습니다."

"잘했군. 밧줄은 넉넉하겠지?"

"흐흐! 물론이죠. 근데… 저 많은 놈들이 다 포로가 된 겁니까? 휘유… 많기도 하네."

피터는 괭도의 아래쪽으로 줄줄이 늘어서 있는 포로가 된 적병들을 보고 고개를 도리질쳤다.

"준비하도록 해. 나오는 족족 묶어야 하니까."

"흐흐! 걱정 마십시오. 그런 거야 심심풀이로 하고 노는 거니까요."

"알았다. 그럼 시작하지."

이안은 치욕에 치를 떨고 있는 포로들을 향해 외치듯이 말했다.

"100명씩 올라오도록. 허튼 수작은 안 하는 게 좋을 거야.
알지? 이거 당기면 다 죽는 거."

"으득… 개새끼……."

대답은 하지 않았지만 무언의 동의로 받아들인 이안은 손
가락을 까닥이며 백 명씩 오라고 손짓했다.

"100명씩 보내라."

"크읏… 말대로 따르도록!"

볼드윈 대령이 명령을 내리자 치욕을 감내하며 100명씩 무
리지어 포로들이 올라왔다.

그들은 이안의 옆을 스쳐 지나갈 때 허튼짓을 하려고 했지
만 이내 이안의 손에 들린 검에서 오러스레드가 뿜어져 나왔
다.

"한 번은 봐주지. 그러나 두 번은 없어."

"제길……."

이안을 공격하려고 했던 장교 하나는 분통을 터뜨리며 단
검을 떨어뜨렸다.

그리고 히죽 웃고 있는 피터와 그 부하들에게 가서 순순히
밧줄에 꽁꽁 묶이는 신세가 되어갔다.

"이제부터 뭐를 해야 하는 겁니까?"

맥기는 작은 동산처럼 쌓여 있는 갑옷과 무기들을 보며 이 안에게 물었다.

"저 안에 들어 있는 특별한 물건을 찾아야 한다. 기습에 성공하면 저들이 신호를 보내야 하는데 그것이 무엇인지 모르니까."

"주머니까지 다 뒤져야겠네요, 그럼?"

"물론이다. 시간 없으니 서둘러!"

"예, 대장님!"

피터와 맥기가 나서서 포로를 제압하고 있는 200명의 병력을 제외한 나머지를 데리고 하나하나 뒤져 나갔다.

2천 명이 넘는 적병의 속옷까지 뒤져야 하는 것이라 무척이나 힘든 작업이었다.

'분명 볼드윈 대령의 소지품에는 마법 스크롤이나 연락을 위한 수단이 존재하지 않았다. 그렇다면 마스터 서전트 중에 하나가 가지고 있을 건데……'

장교들의 소지품은 제일 먼저 이안이 마나스캔을 했었다. 몇 가지 아티팩트들은 나왔지만 연락과 연관된 물건은 없었다.

"대장님! 저 전통에서 이런게 나왔습니다."

맥기가 가지고 온 전통과 괴상한 것들이 달려 있는 화살촉을 본 이안은 두 가지 색깔을 내는 연기를 피워내는 거라는 걸 깨달았다.

하나는 분명 공격에 성공했음을 알리는 것이고 다른 하나는 실패를 알리는 것일 터였다.

"볼드윈 대령을 데려와."

"예, 대장님!"

맥기가 달려가 포로들 가운데 잡혀 있는 볼드윈 대령을 데리고 왔다. 그는 다른 자들과는 다르게 드워프제 특수 수갑과 족쇄를 하고 있었다.

아무리 마나를 다루는 자라고 해도 그 특수 수갑과 족쇄를 어쩌지는 못했고 특별히 손은 뒤로 묶은 터라 저항할 방법은 없었다.

"어떤 거냐?"

이안이 대뜸 묻는 말에 볼드윈 대령의 눈은 비웃음이 어렸다.

청색과 적색의 신호 연기를 흘리는 화살이 하늘로 쏘아졌을 때 어떤 반응이 나올지 그것이 관건이었다.

그러니 자신이 말하지 않으면 이안의 생각대로 판이 흘러가지 않을 것이었다.

"내가 말할 거라 생각하나? 그 어떤 것도 내 입을 열지 못한다. 포기해."

"장교로서 대우해 줄 때 말을 듣는 것이 좋을 거다. 볼드윈 대령!"

이안이 강렬한 신광을 뿜어내며 압박하는 것에도 볼드윈 대령은 굳게 다문 입술을 뗄 생각을 하지 않았다.

'제길… 이런 방법은 쓰고 싶지 않았건만…….'

수단과 방법을 가리지 않고 이기는 것이 중요하다지만 적어도 비겁한 수법은 쓰고 싶지 않았다.

남자라면, 적어도 사내대장부라면 그런 방법으로 이겨서는 안 된다는 것이 이안의 믿음이었다.

'어쩔 수 없지. 져서는 안 될 싸움이니까…….'

이안은 결심을 굳히자 옆에 대기하고 있던 피터 상급 서전트에게 말했다.

"개목걸이를 가져와라."

"네? 그, 그걸 말씀이십니까? 하지만 상대는 대령인데……."

"좋아서 하는 짓은 아니야. 그러니 잔말 말고 가져오도록!"

"명!"

피터가 임시 요새로 달려가자 볼드윈 대령의 짙은 눈썹이 꿈틀거렸다.

"고문이라도 하려는 건가?"

"고문이라… 그런 짓은 안 해. 그보다 더 치욕적인 짓이 되겠지. 적어도 당신에게 말이야."

"큭!"

치욕적이 될 거라는 말에 볼드윈 대령은 인상을 구겼다.

항복을 했다지만 자신은 군인이었고 그 이전에 단승 자작의 작위를 가지고 있는 귀족이었다.

"헉헉! 가지고 왔습니다."

피터 서전트가 넘긴 개목걸이는 이안이 특수 주문하여 드워프들이 제작한 것으로 노예의 인장이 각인되어 있는 물건이었다.

"채워라!"

"넵!"

피터 서전트가 무릎 꿇려져 있는 볼드윈 대령에게 다가가자 그는 버럭 소리를 질렀다.

"놈! 나는 귀족이자 군인이다! 고문을 할 망정 치욕은 주지 마라!"

두 눈에서 불덩이라도 쏘아낼 것처럼 이글거리는 볼드윈 대령의 외침에 피터 서전트가 찔끔하여 걸음을 멈췄다.

"네놈들의 이득을 위해서 반란을 한 순간 네놈은 귀족도 군인도 아니야. 폭도일 뿐이다. 알겠나! 채워!"

"명!"

피터는 이안의 입에서 불호령이 떨어지자 급히 달려가 볼드윈 대령의 목에 개목걸이를 채웠다.

"이놈! 뭐하는 짓이냐! 이 더러운 놈들아!"

볼드윈은 발악을 했지만 맥기를 비롯한 서전트 서넛이 달라붙자 별 수 없이 목에 개목걸이를 차야 했다.

"마나의 위대한 힘이여… 마나의 이름으로 노예의 인장을 깨우라! 씰 오브 슬레이브!"

후웅! 지이이잉!

노예의 인장이 새겨진 마법진이 깨어나고 개목걸이는 밝은 빛을 토한 후 사그라들었다.

"으으……."

볼드윈 대령은 자신의 목에 채워진 것이 노예를 뜻하는 종속구라는 것에 치를 떨었다.

하지만 이미 노예의 종속은 이루어졌고 자신은 군인도, 귀족도 아닌 한낱 노예로 전락한 것이 되어버렸다.

"말하라. 어떤 것이냐?"

이안이 다그치듯이 물었음에도 정신적인 충격을 받았는지 볼드윈 대령은 말이 없었다.

"맥기! 에릭 대령을 끌고 와라!"

"명!"

맥기가 달려가 장교들 틈에 앉아서 충격에 어린 눈빛을 하고 있는 에릭 대령을 끌고 왔다.

"선택하라. 네놈도 노예의 굴레를 쓰겠느냐? 아니면 그 잘

난 귀족의 명예를 지키겠느냐!"

이안의 눈빛은 단호한 결의가 깃들어 있었다.

그 어떤 말로도 선택을 피할 수 없다는 것에 에릭 대령은 눈을 질끈 감아버렸다.

"협조한다면 나도 네놈을 군인으로 대우하겠다. 선택해!"

"두… 두 개를 동시에 쏘아야 한다. 청색이 우측, 적색이 좌측이다. 크윽……."

에릭 대령이 치를 떨며 신호용 화살의 사용방법을 이야기했다.

그러자 이안은 맥기에게 포로들을 동굴 감옥에 가두라고 명령하며 신호용 화살을 챙겨들었다.

"허어… 아직인가?"

스벤든 소장은 폐광을 이용해서 뒤를 급습하는 작전이 성공하기를 기다렸다.

며칠 동안 연막을 치기 위해서 했던 기간트 캐러밴을 이용한 흙 나르기도 성공하여 적들도 더 이상 신경을 쓰지 않는 모습을 보였다.

"장군! 보고 드립니다."

"고하라!"

"적진에 이상한 움직임이 일어나고 있습니다."

"어떤 움직임 말이냐?"

"연기가 올라오고 뒤쪽으로 병력이 움직이고 있습니다."

전령의 보고에 스벤든 소장은 주먹을 움켜쥐었다. 아직 정해진 신호가 날아오지는 않았지만 적진에 문제가 발생했다면 기습이 어느 정도는 성과를 거두고 있다는 반증이었다.

'일단 캐러밴을 전진배치 해야겠군.'

캐러밴에 실린 것은 기간트 30대와 그것을 가리고 있는 흙더미였다.

언제라도 명령이 떨어지면 위장용 흙더미를 치우고 적진을 향해 돌격해 들어갈 것이었다.

"캐러밴을 전진시켜라! 아울러 좌우익에도 전령을 보내 공격 명령을 하달하도록!"

"명!"

작전 장교가 달려가고 스벤든 소장은 군막을 나서 자신의 애마에 올랐다.

이제 신호적이 올라오면 그대로 적진을 향해 총공격을 펼칠 것이었다.

"장군! 저기 신호적이 올랐습니다. 저길 보십시오! 저길!"

3연대를 지휘하는 보른 대령의 손짓에 스벤든 소장은 적진의 하늘 높이 솟아오르고 있는 두 줄기의 연기를 보았다.

'됐다!'

분명 그의 눈에도 먼 거리 밖의 적진에 싸우는 자들의 움직임이 보였다.

분명 자신의 휘하에 있는 8사단의 장교들과 병사들이 입는 갑옷과 부대기가 나부끼고 있었다.

"총공격이다! 진격하라!"

"충! 진격하라!"

"우오오오오오오!"

거친 외침을 토해내며 기간트 캐러밴을 앞세운 채 방어진지를 향해서 물밀듯이 밀려 나가기 시작했다.

챙! 채앵! 채챙!

"그럴싸하게 보여야 한다. 움직여, 움직여라!"

맥컬리는 반군인 8사단의 갑옷을 입고 부대기까지 들고 내려온 이안의 병력과 맞서 싸우는 흉내를 내고 있었다.

연기까지 피워내며 위급한 상황이라는 것을 보여주기 위해 사력을 다해야 했다.

"오! 저기 적의 수괴 이안 자작이 있다. 병사들이여 공격하라!"

"푸흡!"

"크크… 푸하하하!"

병사들은 맥컬리의 명령에 웃음을 참지 못하고 키득거렸다.

그러나 곧 맥컬리의 검세가 진짜로 펼쳐지자 눈을 휘둥그레 떴다.

"이 자식이 정말!"

이안은 친구 녀석의 짓궂은 장난에 인상을 굳히며 검을 쳐 내야 했다.

"오오! 역시 이안 자작은 대단해. 이런 멋진 체스트 24식이 라니 말이야."

맥컬리의 능력에 맞춰서 상대를 해서 그런지 두 사람의 검술 대련은 꽤 진지하게 이루어졌다.

그러다 적진을 살피던 이안의 시야에 공세가 시작되는 것이 보이자 급히 검을 밀어내며 말했다.

"그만! 적들이 몰려온다!"

"정말? 오! 진짜네. 휘유! 개 떼가 따로 없구나."

맥컬리는 6천에 달하는 적병들이 기간트 캐러밴에 흙을 채워서 방패로 쓰며 밀려드는 것에 고개를 가로 저었다.

'저 기간트 캐러밴이 과연 방패로 그치는 것일까? 아니면 기간트가 실제로 숨어 있는 것일까?'

가장 큰 문제는 적들을 끌어들이는 거였다.

적들이 도망가지 못할 위치까지 왔을 때 마동포로 격살하면서 피해를 강요해야 하는데 그렇지 않고 서전부터 사용하게 되면 이 유인책도 실패로 돌아가게 되어 있었다.

9장

내가 말했잖아, 우린 반드시 이겨

기간트 캐러밴의 이동에 맞춰서 병사들이 그 뒤를 따랐다. 10미터가 넘는 동체 덕분에 바로 뒤에 숨어서 전진하는 병사들은 모습조차 보이지 않았다.

하지만 총공격에 나선 적군이 모두 움직인 탓에 500여 미터만 더 접근하면 방어진지 앞은 적병으로 가득 메워질 것이었다.

"맥컬리! 마동포를 몇 발만 쏴라. 전부 쏘면 의심할 테니 절반만 갈겨!"

"절반? 알았다. 마동포 발사 준비!"

"며엉!"

우렁찬 외침과 함께 마동포 사수 중의 몇몇 병사가 기간트 캐러밴을 향해서 마동포를 겨눴다.

각도를 조절할 수 있게 만들어진 마동포는 투사각이 마이너스가 되었음에도 별 이상 없이 움직였다.

"헛방 쏘는 놈들은 가만 두지 않겠다. 발사!"

"발사아!"

맥컬리의 지독한 갈굼을 겪었는지 병사들은 목이 터져라 복창하며 마동포를 발사했다.

후웅! 콰앙! 콰콰콰쾅!

7대의 마동포가 발사되고 검은 철환이 허공을 가르며 쏘아져 나갔다.

에어블래스트 마법에 힘입어 날아가는 철환이기에 처음에는 하얀 선을 그렸지만 이내 검은 선을 허공에 그려냈다.

콰앙! 콰드드등!

캐러밴에 적중한 마동포의 철환이 굉음을 만들어내며 흙더미를 뚫고 들어갔다.

그러나 캐러밴을 멈추지는 못하고 계속해서 적들의 전진을 허용했다.

"멈추지 마라! 계속 전진한다. 전속 전진!"

백마를 타고 선두에 서서 달리는 스벤든 소장은 현저하게 줄어든 마동포 공격에 회심의 미소를 지으며 전진하라고 독려했다.

'속도를 줄이지 않는군… 한 번 더 쏴줘야 의심을 하지 않겠지.'

이안은 적들의 움직임을 살피며 맥컬리에게 외쳤다.

"한 번 더 쏴라. 이번에는 6발만 쏴!"

"6발? 아라쓰!"

맥컬리는 이안이 시키는 대로 마동포 포수들에게 명령을 내렸다.

그러자 마나가 다시 차오르는 순서대로 마동포를 일제사격했다.

후웅! 콰콰콰콰콰쾅!

총 여섯 발의 철환이 다시 날아가고 싸우는 연기를 하던 병사들은 땅에 드러누우며 죽은 척 연기를 펼쳤다.

외부에서 보기에 아비규환의 장으로 변한 임시 요새의 방어진지는 매캐한 연기를 계속해서 뿜어냈다.

'300미터… 토성을 넘어섰다. 그럼에도 전진한다는 것은… 기간트다!'

기간트 캐러밴이 계속해서 전진할 이유가 없었다. 어차피 토성이 쌓여 있는 부분은 바위산으로 올라오는 경사진 곳이 끝이었고 그 다음부터는 병사들이 무조건 뛰어서 올라와야 하는 곳이었다.

"기간트들은 나서라! 지금부터 파상공세를 펼친다. 기간트 돌격!"

스벤튼 소장은 화살이 미치지 않는 범위까지만 접근한 뒤 기간트 캐러밴에 명령을 내렸다.

그러자 지금껏 짐칸을 앞세운 채 달려오던 캐러밴이 멈추고 흙더미를 뚫고 기간트들이 모습을 드러냈다.

쿠웅! 쿠쿵! 쿠우웅!

묵직한 둔음을 내며 지면에 내려서는 기간트들은 모두 30대로 남부 왕국에서 사용하는 기간트들이었다.

모두 워리어급의 디마르크라는 이름을 가진 기체였다.

'디마르크 30기? 헥토르가 아주 작정을 했구나. 남부 왕국의 기간트도 얻어냈을 정도라면……'

남부 리만 왕국의 입장에서는 헥토르 후작에게 기간트를 파는 것이 더 이득이었다.

반란이 오래가면 갈수록 자신들과 국경을 맞대고 있는 락토르의 국력은 피폐해질 것이기 때문이었다.

게다가 로크 제국의 동맹인 락토르가 자신들을 신경 쓰지 못할 때 체이스와 손잡고 로크 제국을 괴롭힐 수도 있었다.

쿵쿵쿵쿵쿵쿵!

기간트들이 굉장한 속도로 접근해 왔다.

마동포 6문에서 쏘아진 철환이 기간트 캐러밴에 막힌 이후 다시 쏠 때까지 걸리는 딜레이 타임이 1분 정도의 시간이 걸렸다.

그때를 노려 최대한 방어진지 아래까지 달려오려는 것이었다.

'나중을 위해서 마동포 포격 장면을 마법영상으로 저장해두는 것도 나쁘지 않겠군. 저들의 작전 역시!'

이안은 크리스탈 저장구를 꺼내들고 마법을 시전한 후 곧바로 명령을 내렸다.

"모든 마동포를 가동한다! 자유사격 개시!"

"자유사격이다! 발사!"

후웅! 콰콰콰콰콰콰콰콰콰콰쾅!

숨겨두었던 마동포를 감싸고 있던 위장막까지 거둬지고 총 24문의 마동포가 일제히 포격을 실시했다.

미친 듯이 달려오는 기간트의 몸통을 향해 날아가는 철환은 무서운 기세로 맞부딪쳐갔다.

콰앙! 콰지지지직!

한 번의 포격으로 다섯 대의 기간트가 부서지며 전열을 이탈해야 했다.

"으득! 더 빨리 달려라! 더 빨리!"

스벤든 소장은 마동포의 대수가 두 배로 늘어나고 그 포격으로 인해 기간트가 부서지자 속았다는 것을 깨달았다.

그러나 이미 기호지세, 달리는 호랑이에 올라탄 상태였다. 내릴 수도 없었고 호랑이가 죽든 자신이 떨어져서 물려죽든 해야 할 상황인 것이다.

"보른 대령!"

"예, 장군!"

"발빠른 병사들을 데리고 우측으로 올라가라. 적의 눈을 최대한 가려줄 것이니 어서!"

"명을 받듭니다."

3연대장 보른 대령이 자신의 휘하 병력을 이끌고 우측으로 달려 나가자 중장보병들을 직접 이끌고 스벤든 소장은 좌측 능선을 타고 올라가기 시작했다.

기간트 전력이 모두 소진된다고 해도 병력이 앞서는 이상 자신들이 올라갈 때까지만 버텨주면 승리는 자신들의 것이었다.

'더 이상 접근하게 되면 샤베른으로 막을 수 없다. 아무래도 힘이 딸리다 보니……'

이안은 자신의 기간트 라피드를 소환해야 하는 문제에 대해 심각하게 고민했다.

감출 수 있다면 무조건 감추는 것이 최선이기 때문이었다.

지난번 전투에서 사용했지만 그때는 밤이었고 지금은 사람들의 시선이 모두 쏠린 전투였다.

결국은 밝혀질 수밖에 없었다.

'고민은 더 해봤자 이득이 될 것이 없다. 나중에 어찌될지 모르지만 지금은 써야 할 때다!'

무조건적인 승리만이 살길이었다. 나중을 위해서라도 한 명이라도 더 많은 적들을 포로로 잡아야 했다.

"라피드 소환!"

후웅! 스팟!

이안의 앞쪽에서 마법진이 만들어지고 그곳으로 거대한 마신의 형상처럼 변한 라피드가 흉폭한 기세를 뿜어내며 등장했다.

"와우! 이안의 기간트를 드디어 다시 보게 되는구나!"

맥컬리는 라피드의 등장에 환호성을 울리며 소리를 고래고래 질러댔다.

일반적인 기간트가 아닌 생체 기간트로 합성되어 버린 라피드이기에 마계의 마왕이 강림한 것 같은 모습이어서 언제 보아도 멋있다는 생각을 갖게 만들었다.

"라피드 탑승!"

후웅! 스팟!

이안은 대답 없이 라피드에 탑승했다.

벙찐 표정의 맥컬리는 그런 이안과 라피드의 모습을 보며 자신의 친구가 맞는지 의심을 해야 했다.

―마스터의 탑승을 환영합니다.

라피드의 에고가 환영의 말을 꺼내고 이안은 조종석과 일체화 작업이 끝나자 시야가 밝아오는 것을 느꼈다.

―10… 9… 2… 1! 코어 온!

"동화율 체크!"

―동화율 체크합니다. 50… 60… 70… 90… 92% 동화율 체크 완료!

"좋아. 바로 시작하자고."

―명령을 내려주십시오, 마스터!

라피드의 음성에 기분 좋은 힘을 느낀 이안은 곧바로 바위산을 기어오르고 있는 디마르크 24기를 향해서 달려 내려갔다.

―마스터, 무리한 기동은 동체를 상하게 할 수 있습니다. 주의를 바랍니다!

라피드의 에고는 관절에 무리가 가는 이안의 무모한 기동에 주의를 주었다.

하지만 이미 내친 걸음이었기에 이안은 결코 멈출 생각을 하지 않았다.

―적이다! 죽여라!

디마르크에 탑승한 반란군 라이더의 외침과 동시에 좌우 양측으로 두 대의 기간트가 접근해 들어왔다.

쿵쿵쿵! 파콱!

이안은 내리막길을 미끄러져 내려가다 마지막 순간 지면을 힘껏 박찼다.

ㅡ마, 말도 안 돼!

보통의 기간트는 도저히 해낼 수 없는 동작이 이안의 라피드에 의해서 이루어졌다. 탄력을 받았다고는 해도 기간트가 도약을 해서 공중으로 점프하는 것은 절대 해서는 안 될 금기 사항이었다.

그럼에도 불구하고 이안의 라피드는 공중으로 뛰어 올랐다.

쎄에에에엑! 콰지직!

가속도가 붙은 채 점프를 한 탓에 이안이 탄 라피드의 움직임은 양떼를 덮치는 야수처럼 날래고 강맹했다.

ㅡ피, 피해!

뒤에서 달려오던 라이더의 경고에도 불구하고 미처 피하지 못한 한 대의 디마르크가 이안이 들고 있는 거검에 의해 반으로 쪼개져 나갔다.

ㅡ기간트 대진을 펼쳐라!

수석 라이더가 명령을 내리자 이제껏 위로 기어오르려고

난리를 치던 기간트들이 일제히 모여들어 대형을 갖췄다.

다섯 대의 기간트가 횡으로 늘어서고 나머지 기간트가 종으로 서며 이안의 라피드를 향해서 달려들었다.

'포위하겠다는 건가? 어림없는 수작!'

종으로 달려오는 기간트들은 이안을 직접 공격하는 것이 아닌 양옆으로 지나가며 빠져나갈 틈을 없앴다.

그리고 직접적인 공격은 횡으로 섰던 5대의 기간트가 일제히 쇄도하며 라피드의 거체를 노렸다.

쉬익! 부우웅!

빠르고 짧은 공격을 가하고 옆으로 피하는 기간트의 페이크 동작에 이어 우측으로 강력한 워엑스를 장착한 기간트가 라피드의 다리를 노리고 찍기 공격을 가해왔다.

'집단전 훈련을 제대로 받은 자들이군.'

이전에 상대했던 라이더들은 개인적으로 이안을 상대했었다. 라피드 한 대를 상대하는 것이기에 적들도 개인의 기량에 의존한 전투를 했는데 이번에는 달라도 너무 달랐다.

피릿! 쎄에엑!

도끼를 피해 몸체를 반 회전시키기 무섭게 다른 기간트가 쇄도해 들어오며 방패로 덮쳐왔다.

일명 몸통박치기로 통하는 공격이 방패를 앞세우고 들어오자 이안은 인상을 굳히며 라피드의 움직임에 집중했다.

'잡아서 부순다!'

집단으로 적의 공세가 이어질 때 가장 효율적인 전투 방법은 오직 하나였다.

인질을 잡고 그걸로 적의 움직임을 봉쇄하는 것이었다.

콰작!

이안의 라피드가 상대 기간트의 방패차지를 피해내며 두꺼운 팔을 잡아 비틀었다. 그러자 팔이 부러지는 소리를 내며 상대 기간트가 라피드에 의해 붙잡혔다.

─멈춰! 오토론이 위험하다!

선인 라이더의 명령에 공세를 이어가던 기간트들이 대치 국면으로 들어섰다.

─비겁한 놈! 어서 놔주지 못할까!

기간트 라이더들은 동료의 기체를 인질로 잡고 대치하는 이안에게 노성을 터뜨렸다. 그러나 이안은 인질을 쉽게 놔줄 생각이 눈꼽만큼도 없었다.

쿠콰콰콰콰콰콰쾅!

대치 국면을 깨뜨리는 것은 다름 아닌 맥컬리의 마동포 부대였다. 도합 24발의 마동포가 이안의 라피드를 둘러싸고 있는 기간트들을 향해 퍼부어진 것이다.

─크악! 피, 피해…….

─공격해! 저놈이 있으면 마동포를 쏘지 못한다!

기간트들은 한 번에 4대의 기간트가 파괴되어 쓰러지자 발악이라도 하듯이 이안과 인질을 향해서 달려들었다.

'훗! 제때 공격해 주었군.'

이안은 인질로 붙잡은 기간트를 들어 올려 달려드는 기간트를 향해 집어던졌다.

콰앙! 콰지지직!

두 대의 기간트가 서로 충돌하며 묵직한 파괴음을 내고 쓰러져 내렸다.

─타앗!

이안은 허리를 베어오는 워엑스의 공격을 피해 앞으로 쏘아져 나가며 그대로 뛰어 올랐다.

쾅! 콰쾅!

5미터 남짓한 도약으로 높이를 점한 라피드의 발차기가 헛방질을 한 기간트의 가슴부위에 격중했다.

─몇 대 잃어도 좋다! 잡아라!

선임 라이더는 이안의 라피드가 보여주는 놀라운 움직임에 위험을 감지했다. 이대로 간다면 숫자가 적어질수록 적을 막기 어려워진다는 판단에 충분한 기간트가 남아 있을 때 승부를 걸기로 했다.

쿵쿵쿵쿵!

사방에서 이안의 라피드를 잡기 위해 쇄도해 들어왔다. 그들은 공격이 아닌 오로지 라피드를 잡기 위해서 양팔을 벌린 채 달려들었다.

쉬릿! 콰직!

이안은 제일 먼저 쇄도한 기간트의 팔을 살짝 쳐내며 오른쪽으로 파고들어 목을 움켜잡았다. 그리고 다른 기간트가 붙잡으려 하자 그대로 반원을 그리며 붙잡은 기간트를 충돌시켰다.

쾅! 콰쾅! 콰지지직!

빙글빙글 춤을 추듯이 이안의 라피드가 움직였다. 인간이 낼 수 있는 거의 모든 동작을 펼쳐내는 라피드의 움직임 덕분에 투박한 디마르크는 번번이 스치듯이 허공을 움켜잡을 뿐이었다.

쿠콰콰콰콰콰콰쾅!

이안을 잡는데 번번이 실패하고 파괴되는 기간트의 숫자만 늘어갈 때 또다시 마동포의 습격이 기간트들을 덮쳤다.

이안을 가운데 포위하듯이 서 있는 상태에서 쏟아진 포격에 많은 수는 아니지만 또 3대의 기간트가 파괴되며 전열에서 이탈해 버렸다.

"쏴라! 절대 올라오게 해서는 안 된다! 쏴라! 쏴!"

티모시는 방어진지의 직접적인 방어를 지휘하고 있었기에

그의 역할이 어느 때보다 크다고 할 수 있었다.

능선을 새까맣게 매우며 올라오는 중장보병들을 막기 위해서 궁병들을 독려하며 미친 듯이 외쳐야 했다.

"비켜! 내가 왔다!"

토리가 탑승한 샤베른이 거의 방어진지까지 이른 적병들에게 공포를 안겨주었다. 도합 18대의 샤베른은 기간트 전력이 이안에게 막혀 있는 적병들에게는 그야말로 공포 그 자체였다.

부앙! 쎄에에에엑!

파성추가 아닌 샤베른의 양팔에 달려 있는 것은 방어진지를 만들고 보수하느라 달아두었던 거대한 삽과 곡괭이였다.

그것들이 휘둘러지는 것에 적병들은 비명을 지르며 바닥에 주저앉았다.

콰드드드드드득!

땅에 박힌 거대 곡괭이를 그대로 휘둘러 지면을 쓸어가는 샤베른으로 인해 적병들 수십 명이 그대로 허공을 날아 바위산 아래로 떨어져 내렸다.

"적들의 사기가 떨어졌다. 더욱 거세게 몰아붙여라! 바위를 굴려라! 통나무를 굴려!"

티모시는 샤베른이 등장하며 완벽하게 뒤바뀐 전세에 순응하여 더욱 강하고 거칠게 공격하라고 주문했다. 그 명령을 받은 병사들도 죽을힘을 다해서 바위를 굴리고 통나무와 끓는 기름을 아래로 부어댔다.

"물러서지 마라! 올라서면 끝난다! 올라가라! 올라가!"

아래쪽에서 사기를 잃고 주춤하는 병사들을 독려하는 은빛 수실이 달린 갑옷을 입은 장교가 눈에 들어왔다.

'치사한 방법이지만 전쟁에서 적장을 제거하는 것보다 중요한 것은 없는 법!'

마나를 다루는 기사들에게 화살 공격을 그다지 큰 위력을 발휘하지 못했다. 하지만 수백 명이 한 명을 노리고 쏘는 것이라면 그 의미가 달라지게 되어 있었다.

"궁수대! 저자를 노려라! 쏴라!"

"충!"

활을 들고 있는 궁수들은 일제히 티모시가 검으로 지목한 장교를 향해 시위를 당겼다.

아래에서 쏘아 올리는 화살에 의해 몇몇 궁수들이 쓰러졌지만 그들은 전혀 개의치 않고 겨냥한 후 시위를 튕겨냈다.

피피피피피피피피피피핑!

수백 발의 화살이 단 한사람을 향해서 쏘아져 내렸다. 강렬한 힘이 실린 화살이 산 아래를 향해서 쏘아지자 일순 검은 선들이 몰려드는 착각을 불러일으켰다.

티티팅! 퍼퍼퍼퍼퍼퍽!

검과 방패를 이용해 날아드는 화살을 막아내던 장교는 어느 순간 한 대의 화살을 허용하고부터 무너져 내렸다.

"끄륵… 저…언진……."

독려하던 장교의 죽음으로 인해 병사들의 사기를 더욱 급격하게 추락해 내렸다.

그의 죽음 이후 필사적으로 지휘하는 장교들의 수 역시 현격하게 줄어들어 버렸다.

'적 기간트들은 모두 이안의 기간트에 잡혀 있다. 그렇다면 샤베른도 무적이지!'

샤베른을 지휘하는 토리는 기간트전이 벌어지고 있는 곳을 응시하며 자신이 할 수 있는 최선의 선택을 내렸다.

"전 샤베른은 돌격한다. 기간트는 이안에게 맡기고 병사들을 도륙하라!"

"우오오오오!"

샤베른을 조종하는 병사들은 토리의 출전 명령이 내려지자 우렁찬 외침을 토하며 방어진지를 나섰다.

거대한 강철 다리가 우악스럽게 병사들을 내려찍으며 밀고 내려가자 전세는 급격하게 이안의 임시 요새 쪽으로 기울어 갔다.

'남은 것은 3대!'

이안은 자신이 알고 있는 모든 체술을 동원하여 기간트들을 부셨다.

단 한 대의 기간트가 해낸 이 기적 같은 전투로 인해 적은 더 이상 싸울 엄두를 내지 못하고 뒤로 서서히 물러서고 있었다.

"라피드 지금 동화율이 어떻게 되지?"

─현재 마스터의 동화율은 93%입니다.

"93% 후후! 어쩐지 움직임이 전보다 부드럽다 했지."

이안은 생사를 건 싸움을 통해서 기간트 동화율이 오른 것에 기뻐했다.

90% 이하일 때는 몰랐지만 그 이상부터는 1% 차이가 목숨을 좌지우지하는 것임을 요즘 들어 뼈저리게 느끼고 있었다.

"라피드! 마저 부순다. 전속력으로 기동!"

─마스터의 뜻대로!

라피드는 이안의 의지가 움직이는 대로 빠르게 반응을 보였다.

강렬한 굉음을 일으키며 라피드가 달리고 그 목표는 뒤로 주춤주춤 물러나고 있는 3대의 디마르크였다.

─피, 피하라!

─산개하여 퇴각한다!

라이더들은 일제히 퇴각을 외치며 빠르게 회피기동에 들

어갔다.

쿠쿠쿵쿵쿵쿠웅!

디마르크의 회피기동보다 월등히 빠른 속도로 달려가는 이안의 라피드가 있는 힘을 다해 점프했다.

강력한 기세를 느낀 적 기간트 라이더는 반회전을 하며 반격에 나섰지만 그보다 더 빠른 라피드의 거대 워소드가 역수로 쥐어진 채 찍어 들어갔다.

콰지지직!

등판을 찢어발기며 들어가는 워소드의 검날이 라이더의 탑승부를 꿰뚫고 반대쪽으로 튀어 나왔다.

─돌튼! 이… 죽여 버린다!

살아남아 도망가던 기간트 라이더들은 또 한 명의 동료가 죽어나가자 분노의 고함을 지르며 반전하여 이안의 라피드를 향해 달려들었다.

부앙! 콰직!

턴을 하며 워소드를 빼낸 힘을 이용하여 달려든 기간트의 동체를 베어냈다.

잠깐의 틈을 이용하여 공격하려던 기간트가 역으로 부서져 나가자 남은 한 명의 라이더는 겁에 질려 다시 방향을 틀었다.

─마왕… 마왕이다… 저 기간트는… 기간트가 아니야!

마법증폭을 통해서 퍼져 나가는 라이더의 음성은 전장의 모든 이들의 귀에 또렷하게 울려 퍼졌다.

단 한 대의 기간트로 30대의 기간트를 부숴버린 완벽한 학살극에 전장의 그 누구도 그 말을 의심하지 못했다.

"자, 장군……. 이제 어떻게 하시겠습니까?"

기간트가 단 한 대 남았을 뿐이었다. 비록 새로운 기종이기에 운용능력이 떨어진다고 해도 단 한 대의 기간트에 의해서 괴멸을 당한다는 것은 스벤든 소장으로서는 믿을 수 없는 결과였다.

"이미 저 괴상한 기체들이 밀려오고 있습니다. 아군의 어떤 병력으로도 상대할 수 없습니다, 장군!"

3연대장인 보른은 이미 괴멸당한 부대를 이탈하여 스벤든 소장의 옆으로 돌아와 있었다.

산을 올라가던 병력들은 이미 패퇴하여 물러서고 있었고 밑에서 밀려가던 병사들은 공포에 떨고 있었다.

'가능성이 없는 것인가?'

그 어떤 반격도 지금 상황에서는 전세를 뒤집을 가능성이 없었다.

기간트 전력이 모두 사라진 이 순간 적들의 기간트 전력은 가히 공포가 되어 병사들을 덮칠 것이었다.

"퇴… 퇴각한다."

"예, 장군!"

보른 대령은 퇴각 명령을 내린 스벤든 소장의 명령에 빠르
게 복명하며 퇴각 나팔을 불게 했다.

구슬픈 퇴각 나팔 소리가 전장을 뒤흔들 때 이안의 방어군
은 역으로 진지를 치고 나와 스벤든 소장의 8사단을 덮쳐오
고 있었다.

"내가 이길 거라고 했지?"

이안은 대승을 거둔 직후 전장을 수습하는 과정에서 모인
친구들에게 이야기했다.

"새끼, 너무 잘난 척하는 거 아냐?"

토리의 까칠한 음성에 이안은 빙긋 미소를 지으며 포로를
한곳에 모으고 있는 곳을 가리켰다.

"저 정도면 잘난 척 해도 될 거 같은데?"

"흠… 할 말이 없군."

토리는 포로로 잡힌 병사들의 수를 대강 헤아리며 고개를
살살 내저었다.

이안의 라피드와 샤베른 18대가 투입되어 도망가는 적들
을 쓸어 담듯이 포획한 결과였다.

"저기 안드레아도 온다."

서쪽 방어진지를 맡았던 안드레아가 지친 모습으로 몇몇

병사들을 이끌고 오고 있었다.

치열한 싸움을 했었는지 얼굴 가득 피로가 쌓인 모습이었다.

"무사해서 다행이다."

이안이 안드레아에게 말을 건네자 그는 고개를 내저으며 한숨을 길게 내쉬었다.

"말도 마라… 뭐 그리 악착같이 덤벼드는지… 죽는 줄 알았다."

안드레아의 차분한 성격을 감안할 때 그의 말대로 고된 전투가 이루어졌을 것이었다.

그걸 이겨낸 친구의 어깨를 두드려준 이안은 토리를 가리키며 말했다.

"너니까 해낸 거지. 저 토리 녀석이었으면 아마 진지가 함락됐을 수도 있었을 거다."

"큭! 그거 위로라고 하는 거 맞지?"

안드레아의 말에 이안은 빙그레 미소를 지어보였다. 지금 이 순간 할 수 있는 것은 오로지 그것뿐이었기 때문이었다.

"남쪽은 어떻게 됐냐?"

안드레아는 그곳을 막기 위해 투입되었던 친구들과 휘하의 병사들이 걱정되어 물었다.

"그쪽도 잘 막아낸 모양이야. 밀튼이 조용하긴 해도 할 일은 또 똑 부러지게 하잖냐."

"하긴. 밀튼 녀석이면 믿을 만하지."

쥘베른을 가지고 있는 밀튼이 병력의 우위만 믿고 달려드는 적들에게 당할 리는 없었을 것이었다.

그것을 생각하는 친구들은 은은한 미소를 베어 물며 이안에게 말했다.

"보고해야지?"

"보고? 끄응… 바로 보고를 해야겠지. 아레스 왕자가 왕궁에도 알렸을 테니까."

아마 지금쯤 왕궁에서는 임시 요새의 상황이 궁금하여 미칠 지경일 것이었다.

임시 요새가 8사단을 비롯한 2만에 달하는 적병들을 물리쳤느냐에 따라 이안이 제안한 작전을 개시할 수 있기 때문이었다.

"난 보고하러 갈 테니 뒷정리를 부탁한다."

"흐흐! 맡겨둬라. 그리고… 고생해라, 친구!"

"큭! 알았다."

이안은 걸어가며 뒤로 손을 흔들었다.

저런 친구들이 있기에 자신이 이렇게 일을 해나갈 수 있다는 것도 큰 복이라 생각했다.

─어떻게 되었나? 아레스 왕자 저하의 말을 듣고 자작의 보고가 올라오기만 기다리고 있었네.

알렉세이 후작이 마법 통신을 넣자마자 곧바로 튀어나왔다.

그만큼 임시 요새의 싸움이 왕궁에서는 관심의 대상이었다는 뜻이었다.

"좋은 소식을 전하게 되어 기쁩니다. 임시 요새의 대승입니다!"

이안이 강한 어조로 대승이라고 말하자 곧바로 수정구를 통해서 알렉세이 후작의 환호성이 터져 나왔다.

─으하하하! 역시 이안 자작이야. 자네야말로 우리 락토르 왕국의 보배일세. 크하하하하!

기꺼운 웃음을 터뜨리는 후작을 보며 이안은 환한 미소를 지은 채 다음 보고를 이었다.

"저는 승전 소식을 전하기 위해서 적이 물러나자마자 왔지만 대강 4천이 넘는 포로를 잡았습니다. 그리고 물리친 적병의 수는 그보다 더 많을 것입니다."

─오오! 정말 대승이구만, 대승이야.

"그리고 또 한 가지 중요한 사실이 밝혀졌습니다."

─중요한 사실이라… 말해보게.

"헥토르 그자가 리만 왕국의 기간트인 디마르크를 가지고

있었습니다. 30기의 디마르크가 투입되었으며 30기 모두 파
괴할 수 있었습니다."

―뭐, 뭐라? 그, 그게 정말인가? 어떻게 말인가?

30기의 디마르크라면 실로 어마어마한 전력이라고 할 수
있었다. 왕실이 소유하고 있는 젤러스 300여대의 1/10에 해
당하는 전력이니 놀라는 것은 당연했다.

"마동포의 역할이 컸습니다. 산을 올라오는 기간트를 마동
포로 요격했는데 마동포로 20여대의 디마르크를 파괴할 수
있었습니다."

자신의 역할을 최대한 줄이고 마동포의 역할을 부각시켰
다. 그것이 지금 이안이 할 수 있는 최선의 거짓말이었다.

―역시 기간트를 잡을 수 있는 것은 마동포가 답이었구만.
당시 포격 장면을 마법 영상으로 담았는가?

"죄송합니다. 격전이 벌어지던 참이라 해당 마법영상을 찍
을 수 없었습니다."

―으음… 안타까운 일이로군. 그 영상이 있었으면 마동포
의 중요성을 다시 한 번 일깨울 수 있었을 것을…

국방처장으로서 마동포의 보급을 누구보다 원하는 이가
바로 알렉세이 후작이었다. 기간트 전력이 제국에 비해서 현
저히 딸리는 왕국군을 지휘하는 수뇌부로서는 당연한 일이라
할 수 있었다.

"아! 후작 각하, 마법 크리스탈에 초반 포격장면이 남아 있습니다. 그거라도 보내드릴까요?"

—정말인가? 마동포의 활약이 꼭 나타나야 하는데 그런 게 있단 말이지?

"초반에 마동포 포격으로 5대의 디마르크가 파괴되는 장면입니다. 그 뒤로는 저도 전투에 참여하는 바람에 그 이후로는 찍지를 못했습니다."

—하하! 그거 정말 다행이로군. 그거라도 보내도록 하게. 내 바로 국왕 전하께 보고를 올리면서 그 영상도 함께 올리도록 하겠네.

"네, 알겠습니다. 바로 전송하도록 하겠습니다."

—하하! 정말 다시 한 번 말하는 거지만. 수고 많았네. 내 어떻게든 자네의 요청을 통과시키도록 할 것이니 기대해도 좋을 것일세. 하하하하!

알렉세이 후작의 전폭적인 지원 약속에 이안은 빙그레 미소를 지을 수 있었다. 임시 요새가 이제 여단으로 승격하게 되면 정식으로 자신의 뜻을 펼칠 수 있게 될 것이기 때문이었다.

10장

까짓것 털어주지

　락토르 왕국의 대전은 임시 요새로부터 올라온 승전 보고
로 인해 화기애애한 분위기가 되어 있었다.

　특히 마동포 포격으로 디마르크 5대를 한번에 파괴해 버리
는 마법 영상이 몇 번이나 상영된 이후로는 군부의 수장인 성
장과 알렉세이 처장의 주장이 강하게 먹혀들어갔다.

　"오오! 다시 보아도 가슴이 뻥뚫리는 영상이로다. 허허허!
한 번의 포격으로 다섯 대의 기간트를 파괴하다니 말이야. 이
얼마나 대단한 병기인가 말이야."

　락토르 국왕은 마법 포격을 지휘하는 이안과 맥컬리의 모

습을 보고 그 뒤로 쏟아지는 십자포화와 그에 의해서 파괴되는 기간트의 모습에 박수를 쳐댔다.

"신 알렉세이 후작이 다시 한 번 청하옵니다. 강철의 모루 일족으로부터 마동포를 구입해 주시옵소서!"

"신의 생각도 마찬가지이옵니다. 부디 전하께서 단안을 내려주시기를 바라옵니다!"

두 귀족의 청원이 아니더라도 국왕 역시 마동포에 푹 빠져들었기에 자신이 먼저 나서서 그럴 생각이었다.

"내 생각에도 마동포로 무장하는 것이 옳다고 보았다. 아레스 왕자!"

"예, 부왕 전하!"

아레스는 자신을 부르는 부왕의 앞으로 나서며 공손하게 예를 갖췄다.

"네가 보고한 대로 마동포는 기간트를 방어하는 것에는 최고의 병기라는 것이 밝혀졌구나. 그래, 레이너 자작은 무엇을 요청했는지 다시 한 번 말해보거라."

"임시 요새의 병력을 독립여단으로 승격시켜줄 것을 청원하였사옵니다. 자신이 강철의 모루일족과 동맹을 맺은 관계이니 그럴 경우 강철의 모루 일족을 락토르에 협조하는 관계로 만들 수 있을 거라 했사옵니다."

"독립여단이라… 하면 이안 자작을 준장으로 승진시켜야

하는데 말이야… 처장, 가능하겠나?'

락토르 국왕의 물음이 알렉세이 후작에게로 향했다. 그러자 기다리기라도 했다는 듯이 알렉세이 후작이 입을 열었다.

"이번 8사단과 징집병으로 구성된 2만의 적병을 패퇴시킨 전공이면 1계급 특진도 가능하옵니다. 하오나 2계급 특진은 전례가 없던 일인지라… 해서 신 알렉세이가 전하께 또 한 가지 청원을 드리고자 하옵니다."

"고하라."

"국왕 전하의 특명으로 1계급 특진하는 이안 레이너 자작에게 한 계급을 더하라는 명령을 내려주시옵소서!"

알렉세이 후작이 청원하자 락토르 국왕은 아무런 대답 없이 다른 귀족들에게 시선을 돌렸다.

"전하! 아니되옵니다. 이는 왕국의 역사상 전례가 없던 일이었사옵니다. 부임한지 반 년도 안 된 초임 장교가 벌써 대령까지 올라가는 일도 불가하온데 장군이라니요. 청원을 거두어주시옵소서!"

"거두어주시옵소서!"

재상인 다아크 공작마저 반대할 정도로 귀족들이 이구동성으로 거두어줄 것을 청했다.

"전하! 이미 이안 레이너 자작의 휘하에는 4천에 달하는 병력이 있사옵니다. 연대를 뛰어넘은 병력을 지휘하는 자작에게 여단장을 임명하는 것은 당연한 일이옵니다. 허락하여 주시옵소서!"

"부왕 전하! 저 또한 알렉세이 후작의 의견이 맞다고 여기옵니다. 그에게 여단장의 임무를 맡기심이 가할 것이옵니다."

왕당파에 해당하는 재상과 시밀로프 후작 등이 일제히 반대하고 나서자 락토르 국왕은 약간은 곤혹스런 표정이 되어 있었다.

"다른 장군을 보내어 그 자리를 대신하게 하여도 충분하다 사료되옵니다. 그 밑에서 연대장으로 복무하며 임시 요새와 드워프 마을을 맡아도 될 것이오며 너무 과한 진급은 그에게도 독이 될 것이옵니다. 통촉하여 주시옵소서!"

"통촉하여 주시옵소서!"

재상이 다시 입을 열고 신하들은 통촉하라며 국왕을 압박했다. 오직 이왕자인 아레스와 그를 지지하는 귀족들, 그리고 군부의 인사들만이 그런 신하들을 노려보았다.

"아참! 부왕 전하!"

"음? 무슨 할 말이 더 있다냐?"

"이것은 임시 요새의 승전이 이루어진 다음에 드릴 말씀이어서 드리지 않았사온데 이제는 드려도 될 거 같아서 하는 보고이옵니다."

"그래? 무엇이더냐?"

"이안 레이너 자작이 임시 요새를 떠나기 전에 한 말이 있었사옵니다. 그 말은 자신이 임시 요새를 관장하는 여단장이 된다면 그걸 빌미로 로크 제국에 한 가지 요청을 할 수 있을 것이라 했었사옵니다."

"무슨 요청을 말인가? 우리가 로크 제국에 청할 것이 있었던가?"

"예, 바로 남부 리만 왕국을 압박해 달라는 청을 할 수 있사옵니다."

"응? 리만 왕국을 압박하라? 무슨 이유로 그런 청을 한다는 말이냐?"

"73강습여단을 남부에서 빼내어 반란군을 공격할 수 있기 때문이옵니다."

"오오! 73강습여단이라면… 그래! 그렇구나. 으허허허허!"

락토르 국왕은 아레스 왕자가 하는 말의 뜻을 빠르게 이해했다.

로크 제국으로서도 받아들일 수밖에 없는 요청일 것이고 왕국 최고의 전력인 73강습여단을 투입한다면 헥토르 후작의 반란을 조금 더 빨리 진압할 수 있을 것이었다.

"그렇기 때문에 이안 레이너 자작의 청대로 독립여단으로의 승격을 해주어야 할 것으로 아옵니다."

아레스 왕자는 그렇게 말하며 이구동성으로 반대하던 귀

족들을 쓸어·보았다. 너희 중에 이런 계책을 발의할 수 있는 지 묻는 그 눈빛에 귀족들은 씁쓸한 미소와 함께 고개를 돌려 버렸다.

"고의 대권으로 명한다! 큰 전공을 세우고 반란을 진압할 수 있는 수단과 계책을 만들어낸 이안 레이너 자작의 청을 수락하노라. 2계급을 특진시켜 준장으로 임명하고 독립여단의 편성을 허한다! 이 시간 이후 그 누구도 고의 명령에 반하는 자는 역적의 죄를 물어 참할 것이다. 알겠는가!"

"명을 받들겠사옵니다, 전하!"

모든 귀족들이 고개를 숙이며 복명하자 락토르 국왕은 희미한 미소와 함께 고개를 끄덕였다. 모든 것은 자신의 뜻대로 되었고 이렇게 자신을 기쁘게 만드는 충직한 기사의 소원을 들어주었으니 그 또한 기쁜 일이라 할 것이었다.

"피터 상급 서전트는 앞으로 나오라!"

이안의 명령에 단 아래에 도열하고 있는 병사들 틈에서 피터가 앞으로 나섰다.

"무릎을 꿇어라!"

"명!"

흰색 수실의 견사와 서전트의 예식 복장을 하고 있는 피터 상급 서전트가 무릎을 꿇자 이안은 양피지로 만들어진 서류를 펼치며 말했다.

"이번 헥토르의 반란으로 나라가 어지러운 이 난국에 구국의 충정으로 크나큰 전공을 세운 상급 서전트 피터에게 그 공을 기려 진급을 명한다. 축하한다, 피터 소위!"

이안이 양피지 서류를 피터에게 건네며 말하자 그는 공손히 두 손으로 서류를 받아들고 고개를 숙였다.

"감사합니다, 장군!"

이안은 이미 장군을 뜻하는 금색 견사와 수실을 달고 가슴에는 전공을 세울 때마다 누적되었다가 한 번에 건네받은 훈장과 포장들이 달려 있었다.

그리고 무엇보다 중요한 장군의 반열에 올랐음을 상징하는 황금별이 견장에 채워져 있었다.

"다음은 상급 서전트 맥기! 앞으로 나오라!"

서전트에서 위관으로 오르는 것은 상당한 명예였다. 아카데미를 나오지 못한 자들이 오를 수 있는 최고가 마스터 서전트였기에 그를 뛰어넘어 위관이 되었다는 것은 그 나름대로 의미가 컸다.

'역시 주군을 모시기를 잘했어… 흐흐! 이 맥기가 소위 계급장을 달다니…….'

맥기는 흥분으로 심장이 쿵쾅거리는 것을 참아내며 단상에 올랐다. 그리고 피터 소위가 했던 것을 그대로 답습하며 소위의 계급장과 임명장을 이안으로부터 하사받았다.

"축하한다!"

"감사합니다, 장군!"

"후후! 앞으로 더 높은 곳을 바라보도록 해."

"예, 명심하겠습니다."

맥기 소위가 환하게 웃으며 단상을 내려간 후에도 여러 명의 진급 대상자를 일일이 임명장을 수여하며 축하해 주었다. 병사들의 사기 진작을 위해서라도 일부러 거창하게 벌인 탓에 반나절이 훌쩍 지나갈 때 즈음해서야 일이 마무리되었다.

"휘유… 진짜 이것도 장난 아니네."

"누가 아니래냐. 뭐, 덕분에 목에 힘 좀 주느라 뼈다귀가 곡소리를 낸다는 거 아니냐. 에고고!"

엄살을 부리며 장난치는 토리의 어깨에도 특진을 알리는 대령 계급장이 달려 있었다.

"대령 주제에 장군 앞에서 너무 여유로운 거 아냐? 안 그런가, 토리 대령?"

"응? 끄응… 내 친구 놈도 장군인데 거 좀 같이 놉시다. 써그럴!"

"후후! 그 친구가 누구신지?"

"이안 레이너라는 써글놈인데 혹시 모르슈?"

토리는 인상을 구기며 이안의 위아래를 훑어보았다. 그런

두 사람의 장난에 맥컬리와 안드레아가 동시에 고개를 가로
저으며 말했다.

"장군 체면 좀 지키지?"

"내 말이 바로 그거거든."

두 사람의 면박에 이안과 토리는 소리내어 웃으며 서로의
어깨를 툭하고 밀었다.

"어이! 이안 장군!"

"후후! 왜?"

"이제 어쩔거냐? 독립여단으로 편성해도 좋다는 허가도 받
았고 우리도 그 독립여단의 소속이 되는 거 같은데."

지금 이안의 임시 요새는 병력이 초과된 상태였다. 여단의
규모로는 지나치게 많았고 사단이라고 하기에는 병력이 모자
란 상태였다. 적당히 병력을 분배하여 4명의 대령이 된 친구
들의 밑으로 분배를 해야 했다.

"연대 규모로 병력을 꾸려서 너희들이 하나씩 맡아야겠다.
나머지 병력은 여단 직할대로 해서 편성을 해야지."

이안의 말에 대령 계급장을 달고 있는 친구들이 히죽거리
며 좋아했다. 아직 백인대장이나 하고 있어야 할 그들이 연대
장이 되고 그만큼의 병력을 지휘하게 되었으니 기쁘기도 할
것이었다.

"편성 작업은 안드레아 네가 좀 맡아서 해줘."

"맡겨줘. 그런데 장교급이 너무 없어서 그게 문제다. 그것 좀 어떻게 해결해야 할 거 같은데."

안드레아의 말에 이안도 임시 요새의 심각한 문제가 그것 임을 인정해야 했다. 사로잡은 포로들을 죄다 노예병으로 만든 탓에 장교의 부재가 심각했다. 상급 서전트를 죄다 소위로 진급시킨 이유도 그것 때문이었다. 물론 그렇다고 해도 영관급 장교와 상급 위관들이 부족한 문제는 해결하지 못했다.

'그렇다고 아카데미 선배들을 부려먹는 것도 어려운 일이고……'

기사 아카데미를 졸업한 선배 기사들은 이안과 그 친구들을 인정하려 들지 않을 것이 분명했다. 실력이 뛰어난 이안은 모르지만 나머지 친구들은 여전히 중급의 익스퍼트에서 헤매고 있는 단계였으니 그게 문제로 작용할 것이었다.

'이참에 자체적으로 육성하는 것도 나쁘지 않겠지.'

어차피 시간이 흐르면 독립여단은 락토르 왕국에서 별개의 조직으로 나아갈 수밖에 없었다. 이안은 아직 확실한 계획을 세우지는 않았지만 헬카이드의 배꼽 지역을 바탕으로 자유도시를 만들 생각이었다. 그곳을 지키는 독립여단은 자유도시에 맞는 새로운 체계와 구성이 필요로 했다.

"교육대를 구성하는 것이 어떻겠냐?"

"교육대?"

"장교를 자체 내에서 육성하는 거지. 유사시에 서전트들도 장교로 써먹을 수 있도록 미리미리 교육하면 될 거 같은데 말이야."

이안의 제안에 친구들은 곰곰이 생각해 보더니 고개를 끄덕였다. 독립여단의 편성을 원할 때부터 이안이 무언가 꾸미고 있다는 것을 어렴풋이 느끼고 있었던 친구들이었다. 그리고 말을 하지는 않았지만 이안이 하려는 일에 함께 동참할 생각을 하고 있었다.

"그럼 부대 편성을 하면서 그 문제도 한번 계획을 짜봐라. 은퇴한 선배들 중에서 교관으로 부를 수 있는지도 한 번 알아보는 것도 나쁘지 않을 거 같고."

"그렇게 하지, 뭐."

안드레아가 그 일을 맡겠다고 나서자 친구들은 자신들이 각기 해야 할 일들에 대해서 토론을 하며 하루를 마무리 지었다.

헥토르 후작의 반란군은 갑작스런 73강습여단의 배후 공격에 정신이 없었다. 스벤든 소장의 8사단의 패퇴 이후 급격히 몰리기 시작한 전선도 크게 나아지지 않았다.

'어떻게 된 거지? 레마겐 그자라면 벌써 걸려들었어야 할 작전이었건만.'

헥토르 후작은 작전 상황판을 보며 인상을 박박 구겼다. 레마겐 후작의 2군단과 영주군들이 추격을 포기하고 전선을 고착화시킨 것이 문제였다. 자신들은 군대를 물려서 8사단이 빠진 자리를 메워야 하는데 레마겐이 군대를 움직이지 않으니 4군단 역시 공세를 중단하고 전선을 유지하는 것이 문제였다.

'그리고 73강습여단의 침투… 그것이 비수가 되어 심장을 노리고 있으니…….'

처음에 짰던 계획대로 레마겐의 2군단이 전공에 눈이 멀어 쫓아올 때 한번에 터뜨리려고 했던 작전이 만사휴의로 돌아간 이후 상황은 극도로 나빠지고 있었다.

'이게 다 그놈 때문이다… 이안 레이너!'

헥토르 후작은 모든 분노의 화살을 이안에게 돌리고 있었다. 무려 3만에 달하는 병력과 40대의 기간트를 부숴버린 이안 때문에 지금의 상황이 벌어지게 된 거라 여긴 것이다.

"군단장님, 급보입니다!"

스벤든 소장의 8사단이 빠져나간 이후 4군단을 막기 위해 남부 전선으로 옮겨왔던 헥토르 후작이었다. 군단 직할대의 대장인 펠트 준장이 달려 들어오며 외친 소리였다.

"무슨 일인가, 펠트 장군!"

"73강습여단이 버넨시를 급습했다 합니다."

"뭐? 버넨시를? 이, 이런……."

1군단의 군인 가족들이 몰려 있는 곳이 버넨시였다. 그곳을 73강습여단이 공격했다면 휘하의 병사들 사기가 말이 아닐 것이었다. 가족들의 생사가 불명한데 힘써서 싸울 수 있는 자는 그리 많지 않을 것은 자명한 일.

'73강습여단을 막아야 한다. 다음은 또 어디를 노릴지 그것을 알 수 없으니…….'

후방을 휘젓기 시작한 그들을 막지 못한다면 싸움은 해보나마나였다. 보급도 어려워질 것이고 병사들의 사기는 바닥으로 내려앉을 것이니 그들을 막기 위해 특단의 조치를 취해야 했다.

"맥나마란 대령, 뭔가 방법이 없겠나?"

작전 참모인 맥나마란에게 그들을 막을 방법이 없겠느냐고 물었다. 그라면 뭔가 획기적인 답을 내려줄 것이라 믿는 것이었다.

"지금 상황에서 73강습여단을 막을 방법이 있기는 합니다. 다만 그것이 무척이나 큰 모험을 해야 하는 것이라……."

"모험이라… 무엇인지 모르지만 그것을 감수해서라도 73강습여단은 막아야 한다. 이대로 뒀다가는 우리의 혁명은 실패로 돌아갈 판이야."

"으음… 그렇다면 말씀드리겠습니다. 체이스 제국에 알려

보급품을 대량으로 가져오는 겁니다."

"응? 그들에게 보급품을 가져오다니… 그게 무슨 소리인가?"

"기간트 캐러밴 50대 정도에 달하는 물량을 가져오는 거죠. 물론 그 안에는 기간트 70대 정도가 실려 있다고 정보를 흘려야 합니다."

맥나마란 대령의 말에 헥토르 후작은 그가 말하려는 작전이 무엇인지 알 것 같았다. 기간트 캐러밴을 수송하는 작전임을 알려 73강습여단이 중간에 공격하게끔 만들려는 거였다. 그리고 그 캐러밴 안에는 실제 라이더가 탑승하고 있는 기간트와 강습여단을 처리할 군단 직할대가 타고 있으면 상황은 끝나는 것이었다.

"가용할 수 있는 모든 자금을 동원하여 마법 스크롤을 대량으로 구비해야 합니다. 73강습여단을 잡으려면 그 정도의 투자는 필수입니다, 각하!"

맥나마란의 말에 헥토르 후작도 동의한다는 듯이 고개를 끄덕였다. 73강습여단은 갖추고 있는 장비부터 일반의 부대와는 다른 특수목적의 부대였다.

전원이 서전트 이상으로 이루어져 있었고 조장급 이상은 기사로 뽑아도 될 정도로 실력이 출중한 자들로만 구성된 부대이기 때문이었다.

'10년 동안 전투력 측정 1위를 놓치지 않은 무적의 부대가 그들이지…… . 그래서 반드시 없애야 할 놈들이기도 하고…….'

헥토르 후작은 어차피 이판사판이라고 생각했다. 여기서 지면 자신은 물러설 곳이 어디에도 없지 않던가. 모든 것을 투입해서라도 화끈하게 싸워볼 생각으로 고위 장교들에게 명령을 내렸다.

"맥나마란 대령의 작전을 승인한다. 펠트 준장은 군단 직할대를 이끌고 이번 작전의 주장을 맡는다."

"충! 맡겨주십시오!"

펠트 준장이 가슴을 탕탕 치며 맡겨달라고 외쳤다. 그의 믿음직스러운 모습에 헥토르 후작은 미소로 화답한 후 다음 명령을 받을 장교에게 시선을 돌렸다.

"트란실 중령, 체이스 제국에 다녀와야겠다."

"알겠습니다."

"비자금을 모두 써도 좋으니 공격용 마법 스크롤을 구입해. 체이스 제국 군부에도 으름장을 좀 놓고 말이야."

"맡겨주십시오. 최대한 얻어내도록 하겠습니다."

트란실 중령이라면 최대한 좋은 결과를 얻어낼 수 있을 것이었다. 자신의 밑에서 지금까지 해온 일들을 보면 미루어 짐작할 수 있었다.

"정보전이 중요한 것을 알 것이다. 그러니 나머지 장교들은 은밀하게 부하들에게 그 정보를 풀어라. 적의 첩자들에게 들어가도록 말이야. 알겠나?"

"염려 마십시오. 저들은 자신의 정체가 발각됐는지 알지 못하고 있습니다. 자연스럽게 정보가 넘어가도록 조치하겠습니다."

"흐흐흐! 믿겠다."

헥토르 후작은 이번 작전을 통해서 골칫거리로 떠오르고 있는 73강습여단을 깨끗하게 해결할 생각으로 입꼬리를 살짝 말아 올렸다.

─레이너 준장, 잘 지냈나?

갑자기 날아든 마법 통신에 이안은 수정구 안의 인물을 보며 머릿속의 기억을 더듬었다.

'아! 커클랜드 준장님!'

연락을 준 장본인이 누구인지 기억해낼 수 있었다. 기사 아카데미 시절 후배들을 위해 1일 강사로 왔었던 커클랜드 준장으로 73강습여단의 여단장을 맡고 있는 강자였다.

"안녕하십니까, 선배님!"

이안의 입에서 다른 누구와의 마법 통신을 할 때보다 각이 잡힌 음성이 터져 나왔다.

'누구라도 존경할 수 있는 가장 군인다운 군인이자 기사…
그가 바로 커클랜드 준장이지.'

이안의 평가대로 진급이나 명예보다는 73강습여단을 최강
의 강군으로 육성하는 것이 자신의 소임이라 여기고 살아온
특수전 분야의 살아 있는 전설이 바로 그였다.

─그래, 나와 내 부대를 이 아귀다툼 속으로 밀어 넣은 것
이 자네라면서?

"하하… 죄송합니다. 제 생각에는 그것밖에 답이 없었습니
다."

─아니, 죄송할 것은 없네. 나라를 지키기 위해 싸우려고
만들어진 것이 군대이니까. 오히려 실전을 겪을 수 있어서 기
뻐하던 참일세. 뭐, 불운이라면 그것이 자국군이었던 놈들을
상대로 하는 것이지만 말일세.

"한데 어쩐 일로 연락을 주셨습니까? 개인적인 사담을 하
려고 연락을 주실 분은 아니신 걸로 알고 있습니다만."

─하하하! 내가 그렇게 재미없는 사람이라는 소리구만.

"아… 죄송합니다."

─아닐세. 다름이 아니고 자네에게 의견을 구할 것이 있어
서 연락했네.

"제 의견이라면… 말씀하십시오."

─헥토르 그자가 뭔가를 꾸미고 있다는 느낌이 들어서 말

일세. 어제부로 국방성에서 내려온 명령에 체이스 제국으로부터 대규모 보급물자가 헥토르 그자에게 전달된다는 거였네. 그리고 우리 강습여단은 그 물자를 탈취하거나 파괴하라는 명령이었지.

"지금 상황에 말입니까?"

이안은 이상한 생각이 들었다. 헥토르의 군대는 계속해서 밀리는 중이었다. 그리고 강습여단이 투입된 이후로 저들의 후방은 혼란이 극에 달한 상황이기도 했다.

'체이스 놈들이 미치지 않고서야 계속해서 지원할 이유가 없는데… 도대체 무슨 생각으로 그런 짓을…….'

이안은 체이스의 행동이 너무 이상하다는 것에 주목했다. 마동포를 얻어내려면 자신의 임시 요새를 공격하게끔 유도하고 그걸 구원해준다는 것을 이유로 드워프 마을을 접수하는 것이었다.

한데 그런 가장 중요한 목표를 놔두고 헥토르 후작에게 보급품을 보낸다는 것은 말이 되지 않았다.

'미끼다!'

이안의 머리를 관통하고 지나가는 생각은 오직 그 하나의 단어뿐이었다.

'유인하려는 것은 73강습여단일 것이고… 문제는 과연 어디에 함정을 파는가인데…….'

이안의 생각이 깊어갈 때 커클랜드 준장의 말이 마법 통신구를 통해서 울렸다.

―우리를 이 지옥으로 끌어들인 자네라면 어떤 생각이 있지 않을까 해서 말일세. 과연 이게 뭐라고 보나?

"미끼입니다. 73강습여단을 끌어들여 한 번에 제거할 생각이겠죠."

―역시 자네의 생각도 그렇구만. 나도 같은 생각을 했네만 너무 달콤한 미끼라서 말이야. 그게 문제네. 먹자니 탈이 날 거 같고 두고 보자니 그건 또 너무 아깝고 말이야.

뭔가 아쉬워하는 커클랜드 준장의 말에 이안은 빙긋 미소를 띤 얼굴로 말했다.

"저랑 같이 나눠 먹으면 어떻겠습니까?"

―응? 자네랑 같이 말인가?

"이번에 여단 편성 승인을 받고 보니 여단의 명칭이 81이 되더군요. 우리 81독립여단과 같이 작전을 시행하시면 어떻겠습니까?

―하하하! 81독립여단이라… 뭐 나쁘지 않지. 대신 주공은 우리 73강습여단이 맡겠네. 그것만은 양보할 수 없어.

단호하게 말하는 커클랜드 준장의 말에 이안도 고개를 끄덕여 동의했다.

'아까운 내 새끼들을 죽일 필요는 없겠지. 주공이 바로 미끼가 되어야 할 테니까. 후후후!

이안은 커클랜드 준장과 장시간 마법 통신을 하며 헥토르가 만들어낸 유인 작전을 분쇄하기 위한 작전 수립에 돌입했다.

쿠르르르르릉!

50여 대의 기간트 캐러밴이 수천에 달하는 병력들의 호위 속에 동남쪽으로 이동 중이었다. 언뜻 보이면 캐러밴의 짐칸에는 기간트의 머리가 보이고 있어서 기간트를 수송하는 것처럼 보였다.

"장군! 적들이 나타났다는 보고입니다."

수송선단으로 위장한 타격대를 맡고 있는 펠트 준장은 오로지 전투를 위한 하프플레이트 메일과 각반, 그 외에 거추장스러운 모든 것을 배제한 채 말을 타고 있었다.

"어디쯤인가?"

"매복을 한다고 하는 모양입니다. 5km 남쪽에 있는 야산에 매복하고 있습니다. 정말이지 척후대의 수색이 아니었다면 발견하지 못했을 것입니다."

너무 드러나는 것도 안 되지만 완벽한 매복 역시 불가했다.

적이 가까스로 매복을 발견하게끔 만들어야 했는데 73강습여단의 병사들은 완벽하게 임무를 수행했다.

척후대를 맡은 장교가 자신들의 공을 부각시키기 위해 하는 발언이 아니었다면 펠트 준장도 약간의 의심을 했을 것이었다.

"좋았어. 바로 잡으러 간다. 병력들 준비시켜!"

"예, 장군!"

펠트 준장은 적들이 매복을 하고 있어도 상관없었다. 어차피 적들이 기간트 캐러밴을 부수려면 접근을 해야 하고 캐러밴에 대기하고 있는 기간트와 수백 장의 마법 스크롤로 한방에 적들을 괴멸시킬 생각이었다.

"언제라도 주기고를 개방할 수 있도록 준비하라. 절대 서둘러서는 안 된다. 알겠는가!"

"염려 마십시오, 장군!"

부하들은 평소처럼 진군하는 모습을 보이려 무진장 노력을 기울였다. 덕분인지 펠트 준장의 눈에는 약간 어색하기는 해도 적들이 보면 알지 못할 정도는 된다고 생각했다.

"저 모퉁이만 돌면 적들이 기습을 가해올 것이다… 마음의 준비를 단단히 하라!"

펠트 준장의 말에 병사들은 수신호로 그의 말을 뒤쪽으로 전파하며 천천히 움직였다. 언제 어느 때라도 적들이 공격해 오면 그대로 반격에 나설 준비만 되어 있으면 그만이었다.

'온다……. 크크크!'

펠트 준장은 73강습여단의 부대기를 시작으로 적들이 일제히 몸을 일으키는 것을 보고 득의의 미소를 지었다.

"적들을 공격하라!"

"모조리 쓸어버려라! 73강습여단 돌격!"

"우와아아아아아아아!"

함성을 내지르며 그대로 사방에서 에워싸고 달려드는 73강습여단의 공격에 수송대로 위장한 1군단 직할대를 비롯한 반란군들은 당황하는 듯이 모습을 연출하며 그들이 다가오기를 기다렸다.

"지금이다! 문을 개방하라!"

"문을 개방하라! 일제히 반격을 가한다!"

펠트 준장의 명령에 기간트 캐러밴의 두꺼운 강철 문이 열렸다.

그리고 모습을 드러낸 수백 명이 넘는 병사들과 기간트들이 달려드는 강습여단의 병력들에게 공격을 퍼부으려 했다.

뿌웅! 뿌우웅! 뿌웅!

조금만 더 들어오면 그대로 마법 스크롤을 날리고 기간트가 달려갈 판이었다. 그런 상황에서 터져 나오는 퇴각 나팔 소리에 강습여단의 병사들이 일제히 방패로 몸을 가린 채 퇴각해 버렸다.

'뭐, 뭐냐… 이 어이없는 상황은…….'

펠트 준장은 자신들의 작전대로 흘러가던 것이 어느 순간 어그러졌음을 느꼈다.

적들도 이번 작전이 유인하여 섬멸하기 위한 미끼라는 것을 알고 처음부터 도주할 목적으로 접근했었음을 느낀 것이었다.

'이대로 도주하게 놔줄까 보냐… 애초에 계획대로 간다!'

펠트 준장은 어리둥절한 표정의 부하들에게 득달같이 외쳤다.

"기간트 부대를 선두로 적을 추격한다! 따르라!"

"추웅!"

직할대 병력들은 강습여단에는 없는 기간트 전력을 믿고 용기백배하여 추격에 돌입했다.

"단장님, 언제까지 이렇게 뛰어야 하는 겁니까? 후욱! 후욱!"

처음에 공격을 가하는 모습을 보일 때부터 뛰기 시작한 강습여단의 병력들은 도주하는 순간까지 10분이 넘게 전력질주를 한 탓에 상당히 숨을 헐떡이고 있었다.

무거운 갑옷과 방패, 기타 무기 등을 모두 갖춘 상태이기에 10분 정도 전력으로 달리면 심장이 터져나갈 것처럼 힘이 드는 것은 당연했다.

"조금만 참아라! 독립여단 애들이 지켜보고 있으니까."

"큭! 독립여단이면… 그런 새끼들한테 약한 모습 보일 수는 없죠. 애들아, 이 악물고 뛰어라!"

"하하하! 알겠습니다. 캡틴!"

여단장 이하 한 가족과 같은 모습을 보이는 강습여단의 병력들은 힘들어 죽을 것 같으면서도 오히려 얼굴은 싱글벙글 웃고 있었다. 그들이 달려가는 방향에는 위장막으로 가린 채 독립여단의 이안과 그 부하들이 대기 중이었다.

"그대로 통과해! 독립여단이 숨어 있는 것을 들켜서는 안 된다!"

"추웅!"

복명과 함께 독립여단이 숨어 있는 참호를 스쳐 지나가는 강습여단의 병사들은 뒤에서는 보이지 않을 신호로 '안녕!' 이라는 수신호를 남긴 채 지나쳐 달려갔다.

'후후! 역시 강습여단이다. 마나를 다루는 기사도 힘들어서 퍼질 순간인데도 웃는 모습이라니.'

다른 부대와는 차원이 다른 지옥훈련을 이겨내고 10년 째 전투력 측정평가에서 부동의 1위 자리를 고수하고 있는 부대다웠다.

"모두 준비하라!"

이안의 명령이 좌우로 퍼져 나갔다. 적들이 달려오고 있는 방향으로 방사형으로 만들어진 참호에 숨은 채 병사들은 적들이 다가오기만 기다렸다.

11장

누가 내 욕을 하니?

헥토르 후작은 이번 작전을 위해 전선에서 싸워야 할 기간
트 전력을 최대한 빼냈다.

이안에 의해서 부서진 기간트만 해도 40여 대에 이르러서
그가 가진 기간트 전력은 고작해야 110대였다. 그중 락토르
왕국의 진압군과 싸우면서 잃은 기간트를 제외하면 60여 대
도 채 남지 않은 기간트 중에서 20대를 뒤로 빼돌려 이번 작
전에 투입하는 강수를 둔 것이었다.

'기간트를 앞세우고 추격전이라… 73강습여단을 잡기 위
해서 마지막 힘을 모두 끌어 모았군.'

이번 전투만 승리로 이끈다면 적은 이제 더 이상 락토르 왕국의 진압군에 맞설 힘이 없었다.

3배가 넘는 차이를 보이는 기간트 전력에다 병력에서도 절반밖에 안 되니 싸워서 버티는 것이 고작일 것이니 말이었다.

"마동포 발사 준비!"

이안의 명령에 마동포 사수들에게로 준비 명령이 하달되어 전파되었다. 그들이 마동포의 마나진에 마나를 집약시킬 때 사거리 안으로 기간트들이 돌입했다.

그 뒤를 바짝 따르고 있는 병력들까지 한다면 단 한 번의 사격으로 최대의 전과를 올릴 수 있을 것이었다.

'500미터… 400… 조금만 더 와라… 조금마안!'

이안은 최대한 적을 끌어들일 수 있는 곳까지 끌어들일 생각이었다.

한 번의 포격으로 기간트 전력을 끝장내 버린다면 적들은 반전하여 공격하는 강습여단과 자신의 부하들을 이겨내지 못할 것이라 확신했다.

"위장막을 거둬라! 마동포 사수 준비!"

휘익! 휘이익!

마동포를 가리고 있던 나뭇가지들과 위장막이 병사들에 의해서 거둬졌다.

"마동포 발사! 발사하라!"

"마동포 발사!"

후웅! 쿠콰콰콰콰콰콰콰콰쾅!

드워프 마을의 마동포까지 모두 차출하여 이번 전투에 투입한 이안은 도합 40대의 마동포를 가지고 왔었다. 그 마동포들이 각기 부여된 기간트를 향해 가차 없이 철환을 쏘아냈다.

쎄에에에엑! 콰앙! 콰드드드등!

가까운 거리에서 쏘아진 철환은 강력한 힘을 동반한 채 날아가 무방비상태의 적 기간트를 그대로 꿰뚫어 버렸다.

"저, 적이다!"

"적이 나타났다. 방어태세! 방어태세를 갖춰라!"

갑작스런 적의 기습공격에 직할대의 병력들은 깜짝 놀라 망연자실했다. 그렇게 믿고 믿었던 기간트의 반수 이상이 파괴되어 쓰러지는 광경을 본 그들은 절망 어린 눈빛으로 지휘관들을 바라보아야 했다.

"마동포 사수 재장전!"

"재장전을 하라!"

복명복창을 하며 재빠르게 철환을 마동포의 포신에 밀어넣고 밀대로 쑤셔 넣는 일련의 동작이 일사분란하게 이루어졌다. 적들은 마동포 공격에 넋이 나가 주춤했다가 마법 스크롤을 믿고 무작정 돌격을 감행해 왔다.

'저들의 손에 들린 것은… 마법 스크롤인가?'

이안은 적들의 선두에 서서 달려오는 서전트 이상의 병사들을 보았다. 그들은 필사의 각오를 했는지 결의에 찬 눈빛을 토해내며 미친 듯이 달려오고 있었다.

'기본적인 마법 스크롤이라면 파이어 볼이나 에어볼 정도가 고작일 터!'

파이어 볼의 위력은 마법사의 능력에 따라 달라지겠지만 기본적으로 방원 10미터 정도를 화염으로 날려 버릴 수 있었다.

"방패를 준비시켜!"

이안의 갑작스런 명령에 맥컬리를 비롯한 친구들은 의문을 표시했다. 적들이 사력을 다해서 돌격하고 있지만 그들이 믿는 기간트 전력은 이제 겨우 9대가 남아 있을 뿐이었다. 8대를 파괴하고 나머지 3대는 반파되어 전력에서 이탈한 상황이었다.

"마법 스크롤이다. 병사들의 피해를 줄이려면 방패를 준비해, 어서!"

"알았다."

"그렇게 하지."

친구들은 자신 휘하의 병력들에게 방패를 준비시켰다. 참호를 깊게 파놓은 탓에 그곳에 숨고 강철로 덧댄 방패로 위를 막는다면 파이어 볼이 터진다고 해도 큰 피해를 입지는 않을 것이었다.

"궁수대, 자유사격을 개시하라! 마동포 장전되었으면 준비

된 사수부터 자유사격!"

"자유사격을 가하라!"

"우오오오오오오오!"

이안의 명령에 따라 병사들이 활을 들고 달려오는 적들에게 피해를 강요해 나갔다. 그리고 죽어라 달려서 도망가는 역할을 맡았던 강습여단의 병사들이 반전하여 다시 돌아오고 있었으니 적들이 참호에 도달할 때 즈음하여 그들도 전장에 복귀하게 될 것이었다.

피피피피피피피핑!

독립여단에 소속된 사냥꾼들을 위시한 궁수들이 달려오는 적들을 향해 일제히 화살 공격을 퍼부었다. 사냥꾼들이 사용하는 복합궁에서 쏟아지는 화살은 여지없이 달려오는 병사들의 미간을 꿰뚫고 들어갔다.

"방패로 막으며 전진한다! 결코 물러서지 마라!"

"조금만 더 전진한 후 스크롤로 공격하면 우리가 이길 수 있다! 돌격하라!"

장교들의 독려에 힘입어 병사들의 주춤했던 돌격이 다시 힘을 내서 전진해 나갔다.

후웅! 쿠콰콰콰콰콰콰콰콰앙!

다시 한 번 이루어지는 마동포의 포격에 기겁을 한 병사들이 바닥에 납작 엎드리는 사이 미친 듯이 떨어져 내리는 화살

세례가 재차 그들을 덮쳤다.

"크악! 내 다리!"

"으으… 살려줘!"

병사들의 비명 소리에 가슴이 찢어지지만 이대로 물러설 수 없는 까닭에 장교들은 검을 꼬나쥔 채 외쳤다.

"물러서는 자는 즉결처형하겠다. 어서 일어나라! 적이 눈앞에 있다!"

"으으… 으아아아아아!"

이래저래 죽을 길만 남은 탓일까 병사 하나가 괴성을 지르며 앞도 보지 않고 달려 나갔다. 그것을 시작으로 또다시 병사들의 돌격이 이루어졌다.

"비켜라! 우리가 왔다!"

"무적 73강습여단의 위력을 적들에게 보여주어라!"

"우와아아아아아!"

우레와 같은 외침을 토해내며 73강습여단의 병력이 참호에 진을 치고 있는 독립여단을 스쳐 지나가며 적들을 향해 돌격해 들어갔다.

'이런… 알려줘야 하는데!'

이안은 적들이 가지고 있는 마법 스크롤로 인해서 강습여단이 막대한 피해를 입을 것을 우려했다. 아무리 적게 잡아도 500여장에 이르는 마법 스크롤을 지닌 적군이었다. 그들이 마법 스크롤을 이용해서 공격을 가한다면 총 500여 발의 파이어 볼이 날아온다고 생각하면 답은 간단하게 나온다.

'파이어 볼 1발에 3, 4명만 잡아도 강습여단은 전멸이다!'

괴멸적 피해를 강습여단이 입는다면 승리를 해도 이 싸움은 이긴 싸움이 아니었다. 강습여단을 키우는데 들어가는 비용이면 저런 직할대 10개는 만들고도 남으니 말이었다.

"강습여단은 정지하라! 적들에게 마법 스크롤이 있다! 정지! 회군하라!"

이안이 마나를 실어 커다란 외침을 토해냈다. 그러자 달려가던 강습여단의 병사들은 이안의 명령에 반응하여 재빨리 정지한 후 등에 메고 있던 방패를 빼들었다. 기민한 그들의 동작을 보며 이안이 마음을 놓았을 무렵 적들이 마법 스크롤을 앞으로 내밀기 시작했다.

"참호로 피하라! 어서!"

"머엉!"

강습여단의 병사들은 독립여단이 파놓은 참호가 의외로 크고 넓다는 것을 건너뛰며 파악한 후였다. 동료들이 있는 곳으로 재빨리 돌아온 그들은 참호 속으로 파고들어 가며 개인 장비로 지급된 단궁을 빼들었다.

'강습여단은 개개인이 모든 병기를 자유자재로 다룰 수 있어야 한다. 단궁이지만 저들의 손에서 쓰인다면 장궁 못지않

은 위력을 보이겠군.'

이안은 3천에 달하는 병력들이 활을 쏠 수 있다는 것에 이번 싸움은 큰 피해 없이 마무리지을 수 있다고 여겼다.

"마법 스크롤을 찢어라!"

"마법공격을 가하라!"

장교들은 어느 정도 거리까지 접근하자 마법 스크롤을 찢으라고 명령했다. 파이어 볼이 날아가는 거리는 대략 80여 미터 정도였으니 충분히 적의 참호까지 날아갈 수 있었다.

"파이어 볼!"

"파이어 볼!"

대부분의 스크롤이 파이어 볼 스크롤인지 500여 명에 달하는 적병들이 일제히 파이어 볼을 외치며 스크롤을 찢었다.

"스크롤을 든 자들을 노려! 쏴라! 쏴!"

이안은 단궁으로도 충분히 저격할 수 있는 거리라는 것에 궁수들에게 스크롤을 든 자들을 쏘라고 지시했다. 일제 사격을 가하는 궁수들은 파이어 볼이 발동되기 전에 그들을 죽이기 위해 기를 쓰고 화살을 날렸다.

피피피피피피피피피피핑!

수천발의 화살이 포물선을 그리며 다시 적들을 향해서 날아들었다. 방패를 들고 마법 스크롤을 사용하는 아군을 돕던 병사들은 이를 악문 채 죽음을 각오하고 버텼다.

퍼퍽! 파가가각!

화살이 방패를 뚫고 들어와 팔뚝에 박히는 고통에도 그들이 참아내는 동안 마법 스크롤이 발동되었다. 허공에 수백 개가 넘는 마법진들이 만들어지고 그 안에서 만들어진 파이어 볼이 그대로 목표물을 찾아 비행을 시작했다.

"참호에 숨어! 방패로 위를 가려라! 어서!"

이안의 명령에 복명할 겨를도 없이 병사들은 참호 안으로 숨어 들어갔다. 그리고 방패를 겹겹이 겹치며 머리 위로 떨어져 내릴 파이어 볼에 대비했다.

후웅! 후우우웅!

유려한 포물선을 그리며 떨어져 내리는 파이어 볼이 그대로 병사들이 파고 들어간 참호 위로 떨어져 내렸다.

콰앙! 콰콰콰콰콰콰콰콰쾅!

물경 500발에 달하는 파이어 볼이 떨어지는 즉시 굉음을 내며 터져 나갔다.

"크윽!"

"버, 버텨라!"

"팔이 떨어져 나가도 참아!"

병사들은 방패에 밀어닥치는 엄청난 파괴력에 몸서리를 쳐야 했다. 방패를 잡고 있는 팔뚝에 뜨거운 열기가 퍼져 나가고 강철에 열기가 전해지자 팔뚝에 화상을 입는 자들이 속출했다. 그러나 그들은 이를 앙다물고 그것을 참아야 했다.

방패를 놓은 그 순간 열기가 그 틈으로 뚫고 들어와 동료들을 죽음으로 몰아갈 것이기 때문이었다.

"파이어 볼이 사라진다! 전군 적들을 몰아쳐라!"

이안은 파이어 볼의 화염이 모두 사라지는 순간 바로 참호 밖으로 달려 나가며 병사들에게 명령을 내렸다. 그 때를 맞춰 강습여단의 지휘관인 커클랜드 준장도 검을 뽑아들고 야차와 같은 표정으로 명령을 하달했다.

"강습여단의 병사들아! 나 커클랜드를 따르라! 돌격!"

"와아아아아아아아!"

화염이 터지며 그 스플래쉬 데미지를 입었던 병사들은 고통에도 불구하고 검과 창을 꼬나쥐고 적들을 향해 무서운 돌진을 선보여 갔다.

"타앗!"

이안은 체스트 24식을 기본으로 하는 변형 검술을 차례대로 선보이며 적들을 쓸어갔다. 호쾌하고 장중한 체스트 24식이 그의 손에 의해서 펼쳐질 때는 화려하고 아름다운 검식으로 변화되어 펼쳐졌다.

끊어지지 않고 계속해서 이어지는 그의 검세에 앞을 막아선 병사들은 제대로 저항도 하지 못하고 쓸려 나가기 일쑤였다.

"하하하! 이안 준장, 너무 무리하는 거 아닌가?"

어느새 옆으로 다가와 같이 검을 휘두르는 커클랜드 준장이 적병에게 눈길을 준채 물어왔다. 그의 얼굴에는 이안에 대한 호승심이 짙게 드러나 있었다.

"후후! 지금부터 누가 많이 잡나 내기라도 하겠습니까?"

"나와 말인가?"

"겁나시면 관두시던지요. 후후후!"

"이런… 백 골드빵이다. 어떤가, 후배?"

"후후! 백 골드라… 좋습니다. 시작합니다!"

이안은 시작한다는 말과 함께 그대로 적병들에게 신형을 폭사시켜 나갔다.

"이런! 반칙은 사양일세. 한 명! 어이쿠! 두 명이로구나!"

커클랜드 준장의 검은 매섭게 적병들을 쓸어갔다. 상급의 익스퍼트를 넘어서서 최상급의 초입에 도달해 있는 그의 검술은 이안의 검술과는 다르게 무거운 중검술을 기반으로 적병들의 방어조차 뚫고 들어가고 있었다.

'힘을 좀 내볼까나? 저런 늙다리 장군에게 진다면… 이 이안 레이너 준장님의 체면이 구겨질 테니 말이야!'

이안은 커클랜드 준장에게 알 수 없는 호승심을 불태우며 마계에서 길러온 모든 힘을 폭발시키며 적병을 악착같이 몰아세웠다.

"후우… 후우… 병사들이여, 승리의 검을 들어 올려라!"

"우와아아아아아아!"

커클랜드 준장은 어느 한곳 피가 묻지 않은 곳이 없는 흉신 악살과 같은 모습을 하고 있었다. 수많은 적들을 베어낸 탓에 눈가에 곤두서 있는 핏발까지 더해져서 그의 모습은 꼭 지옥에서 탈출하여 지상에 올라선 악귀와 같이 보였다.

"으하하하! 전우들이여 승리의 함성을 질러라! 우리는 오늘 승리했노라!"

"우오오오오오!"

이안에 이어 커클랜드의 강습여단까지 승리의 함성을 토해냈다. 이번 전투에서 적들은 단 한 명의 포로도 남기지 않을 정도로 악착같이 싸웠다. 일반적인 부대와는 달리 헥토르 후작에 대한 외골수적인 충성심으로 무장한 군단 직할대의 병사들다운 싸움을 한 탓이었다.

"후욱! 후욱! 꽤 하는구만, 후배."

커클랜드 준장은 수백 명이 넘는 적병들에 둘러싸인 상태에서도 뛰어난 무위를 선보이며 적들을 쓸어가던 이안의 모습을 떠올렸다. 어린 나이임을 감안할 때 이런 검사가 또다시 나올까 싶은 생각에 나이를 떠나 작은 존경심마저 갖게 되었다.

"감사합니다, 커클랜드 장군님!"

이안은 참군인인 커클랜드 준장에게는 다른 이들과는 확

연하게 다른 대우를 하고 있었다. 왕은 왕다워야 하고 귀족은 귀족다워야 한다는 생각을 갖고 있는 그에게 그 두 부류의 존재들이 주는 실망을 조금이나마 희석시켜 주는 존재가 커클랜드 같은 사람들이었다.

'후우… 라피드를 사용하지 않고 이길 수 있어서 다행이었다. 정말 마동포로 기습을 가하는 것이 이런 전과를 거둘 수 있을 줄이야… 정말 다행인 싸움이었어.'

이안은 커클랜드의 치하에 감사해하며 이번 전투를 돌이켜 보았다. 기습적인 매복으로 적 기간트 전력을 한 번에 무력화시킨 것이 승리의 가장 큰 요인이었다. 앞으로 마동포를 더 개발하고 다양화시킨다면 전장의 주력은 기간트가 아닌 마동포의 포병이 될 것이라는 생각마저 들게 만든 전투였다.

"117명일세… 내가 잡은 적병은… 후우… 하아아…….."

"후후! 제가 1명 적습니다. 역시 선배님이십니다. 하하하!"

이안이 잡은 적병의 수가 훨씬 더 많다는 것은 커클랜드 준장도 알고 있었다. 하지만 이렇게라도 선배인 자신의 위신을 세워주려는 후배의 배려가 고마웠다.

"그런가? 하하하! 그럼 돈 대신 술이나 한잔 사게. 그걸로 벌칙을 대신하세. 어떤가?"

"하하! 그럼 저야 감사하죠."

이안이 웃으며 대답하자 커클랜드 준장도 오랜만에 등장

한 뛰어난 후배 군인의 웃음에 흐뭇한 미소를 지어 보였다. 그제야 조금 사람답게 변한 커클랜드 준장의 주위로 강습여단의 장교들이 모여들었다.

"저희도 끼워주시는 겁니까?"

"그건 내가 아니라 이안 준장에게 물어보도록!"

중령 계급장을 달고 있는 장교가 이안을 직시하며 말했다.

"딱 한 번만 무례를 범하겠습니다. 장군님!"

"그렇게 하게."

이안의 허락이 떨어지자 중령 계급장의 장교는 턱을 살며시 치켜 올리며 말했다.

"어이 후배! 오늘 아주 멋졌다. 앞으로 이 나라 락토르를 위해 애써다오. 이상입니다, 장군님!"

말을 마침과 동시에 다시 장군이라고 부르는 중령을 보며 이안은 활짝 웃었다. 어찌 되었든지 간에 저 장교는 자신이 졸업한 아카데미의 선배였고 군대에서도 까마득하게 높았던 이였다. 비록 지금이야 자신이 준장 계급장을 달고 있다지만 선배라는 것은 절대불변의 진리와 같은 것이었다.

"명심하겠습니다, 선배님! 그리고 오늘 술은 장교 이하 모든 병사들까지 내가 책임지겠다. 알겠나!"

"흐흐흐! 충!"

중령이 군호까지 붙여가며 대답하는 것을 끝으로 이안은

커클랜드와 함께 전장을 정리하는 일에 나서야 했다.

가용전력을 모두 투사하여 꾸민 계획이 독립여단과 강습여단의 합동작전으로 막히자 헥토르의 반란군은 급격하게 수세에 처하게 되어버렸다. 남부의 4군단은 헥토르를 붙잡아두기 위해서 온갖 노력을 기울였고 30만까지 늘어난 서부전선의 레마겐 후작군은 병력의 우위를 기반으로 서서히 헥토르군을 한쪽으로 몰아가는 중이었다.

"이안 준장!"

"예, 선배님!"

미끼작전 이후 급속하게 친해진 커클랜드 준장과 이안은 임시 요새로 돌아가지 않은 채 헥토르의 후방 도시를 공격하는 일을 해내고 있었다.

"이제 슬슬 반란을 종식시킬 때가 된 거 같은데 어떤가?"

커클랜드 준장의 물음에 이안도 때가 되었음을 인지하고 있었음을 드러냈다.

"저도 그렇게 생각합니다. 지금 헥토르의 반군이 몰려 있는 곳은 이곳 서남부의 원터폴 요새와 남부의 터틀란 요새 두 곳입니다. 다른 곳은 전부 진압군에 의해서 장악당한 상태죠."

"우리가 후방에서 버티고 있는 상태라 적들은 도망갈 길도 없는 상태일세. 그러니 한곳만 뚫을 수 있다면 반란은 끝나는 걸세."

두 요새를 차지하지 않고 대군을 헥토르의 영역으로 진군시킬 수는 없었다. 강습여단이야 숫자가 적다보니 헥토르의 영토에서 강제로 징발하는 것으로 군량을 충원할 수 있지만 만단위가 넘어가게 된다면 힘들어질 것은 너무도 뻔했다.

"내가 지난 며칠 동안 곰곰이 생각해 보았는데 말일세……. 준장의 부대에 갖추고 있는 마동포로 요새를 공격하면 어떨까 하고 말이야."

"공성병기로 사용하자는 말씀이십니까?"

"그렇지. 아무리 생각해도 대 기간트 병기로만 국한할 물건이 아니더라고. 요새의 벽이 아무리 높고 두꺼워도 그 마동포 세례에는 버티지 못할 거라고 보네."

커클랜드의 말도 있었지만 이안 역시 그 점을 진즉부터 생각하고 있던 참이었다. 마동포로 쏘아내는 철환이라면 요새의 두꺼운 문을 부술 수 있었다.

"그럼 어디를 공격했으면 하시는 겁니까?"

"흐흐! 후배가 한번 골라보게."

커클랜드의 말에 이안은 헥토르가 있는 남부 요새가 아닌 서남부에 있는 윈터폴 요새를 골랐다.

"여기로 하죠."

"이유가 있나?"

"간단합니다. 헥토르가 버티는 남부 요새보다 훨씬 뚫기 쉬우니까요. 이곳만 무너지면 홀로 버텨야 하는 헥토르의 나머지 잔당들이야… 독 안에 든 쥐 신세에 불과합니다."

이안의 말대로였다. 남부의 터틀란 요새에 갇히게 되는 헥토르의 반란군은 후방지원도 끊기는 신세가 될 것이었다. 그리고 앞뒤로 포위된다면 얼마 지나지 않아서 스스로 항복하게 될 것이고 말이었다.

"나 역시 같은 생각이었네. 자네의 말대로 이곳을 공격하는 걸로 하지."

윈터폴 요새에는 적병이 적어도 5만 정도가 수성에 나서고 있었다. 그곳을 강습여단과 독립여단 두 부대만으로 공격하는 것은 자칫 대규모 반격을 받을 우려가 있었다.

"바로 보고하실 생각이십니까?"

"흐흐! 당연히 그래야지. 아! 후배가 하는 것이 어떻겠나? 나야 강습여단으로 만족하지만 자네는 아닌 듯한데 말이야."

"네? 후후! 저 역시 독립여단에 만족합니다만."

"그래? 흐흐! 그래도 자네가 하게. 그게 보기가 더 좋을 거 같으니 말이야."

커클랜드의 떠넘기기에 이안은 쓴웃음을 지으며 입꼬리를 말아 올렸다.

'이놈이나 저놈이나… 윗전에 보고하는 것을 왜 그리 꺼려

들 하는지 원… 에휴! 별 수 없지 머.'

이안은 자신이 보고해야 한다는 것에 또다시 골머리가 지끈거려 왔다. 그러나 반드시 해야만 하는 일이었고 그것이 자신들의 안위와 직결되는 것이었다.

콰아앙!

테이블이 부서지는 것에도 착석하고 있는 장교들은 피할 엄두를 내지 못했다. 너무도 분노한 헥토르 후작의 얼굴은 붉게 달아올라 있었고 금세라도 폭발할 것처럼 열기가 뿜어져 나왔다.

"윈터폴 요새로 그놈들이 가고 있다 이 말인가?"

"그렇습니다, 군단장님!"

맥나마란 대령은 헥토르의 분노를 그대로 받아내야 했다. 마스터에 이른 그의 기세는 일반적인 검사들이 받아내기 어려웠고 내상이라도 입은 것처럼 하얗게 질려갔다.

"방법은 없나?"

"네?"

"그놈들을 막을 방법 말이다!"

헥토르의 말에 맥나마란은 고개를 가로저었다. 지금의 병력으로는 강습여단과 독립여단이 함께한 저들을 요격할 방법이 없었다. 1만 정도의 병력으로는 오로지 시간을 줄이는 것밖에 안 될 것이고 두 배 이상의 병력을 빼자니 요새가 적들에 의해서 함락당할 판이었따.

"죄송합니다. 지금으로서는 다른 원군이 없는 한 막을 방법이 없습니다."

맥나마란 대령은 고개를 숙였다. 작전을 책임지는 장교로서 이렇게 무능력한 대답을 할 수밖에 없다는 것이 치욕으로 다가왔다.

"7기병사단으로 요격하면 어떻겠나?"

맥나마란 대령은 헥토르 후작의 물음에 고개를 가로 저었다. 기병사단이 평지에서는 최강의 힘을 발휘하는 부대라는 것에는 이견이 없었다. 다만 적들에게 있는 기간트 전력, 바로 샤베른을 이용한 공격을 기병사단이 버텨낼 수 있는가 하는 점이 문제였다.

"시간을 벌 수는 있을 것입니다. 마동포라는 것이 유용한 병기라는 것이 드러났지만 반대로 그것을 방열하고 사용하는 것에는 시간이 걸립니다. 그 점을 노려 괴롭히는 식의 작전은 가능할 것이지만… 결국은 기병사단이 괴멸되는 것으로 끝나게 될 것입니다."

"으득! 일단 7기병사단을 투입해. 시간이라도 벌어야 하니까 말이야."

"음… 명을 받들겠습니다."

마지못해 대답하는 맥나마란 대령의 음성을 들으며 헥토르 후작은 고개를 도리질쳤다.

'기간트가 조금만 더 있었다만… 아니면 그 마동포라도… 하아…….'

기간트를 빼낼 수도 없었다. 수적으로 부족한 기간트 전력으로 요새를 방어하는 것 만해도 엄청난 무리가 따르는 판이었다. 바랄 수 있는 것은 레마겐 후작이 무능을 드러내며 공적을 탐내기를 바라는 거였다.

"하아… 내가 어쩌다가… 으득!"

헥토르 후작은 어쩌다가 일이 이렇게 되어버렸는지 모르겠다며 인상을 구겼다. 그러나 그 물음에 따라오는 답은 오직 한 사람의 이름이었다.

'이안 레이너… 그 빌어먹을 새끼!'

만약 자신의 반란이 실패로 돌아가게 된다면 이안 레이너라는 이름은 반드시 지워버린 후에 죽겠다는 의지만 다져야 했다. 지금 이 순간에도 그 이안 레이너가 이끄는 독립여단이 윈터폴 요새를 향해서 밀려들고 있을 것이었다.

'끄응… 누가 내 욕을 하나? 왜 이리 귀가 가려워?'

이안은 지난 싸움에서 탈취한 기간트 캐러밴을 이용해서 부대를 이동시켰다. 임시 요새에 빼돌려 놓았던 기간트 캐러밴까지 합하여 모두 60대가 넘는 기간트 캐러밴이 서남부의 윈터폴 요새를 향해서 힘차게 밀려갔다.

"적이 출현했다."

기간트 캐러밴의 탑승부에 있는 토리가 뒤로 돌아 나와 이안에게 말했다. 저 멀리 지평선의 끝에 수도 없이 늘어서 있는 기마병들의 모습을 본 이안은 손을 들어 기간트 캐러밴을 정지시켰다.

"정지!"

쿠르르르르르르릉!

일제히 멈추는 기간트 캐러밴과 그 안에 탑승한 채 편안하게 진군하던 병사들이 일제히 목을 삐죽 내밀며 바깥 상황을 살폈다.

"무슨 일이 있나?"

"왜 멈추는 거야? 누가 왔어?"

병사들의 수군거리는 소리에 이안이 기간트 캐러밴의 맨 꼭대기로 뛰어 오르며 외쳤다.

"적이 우리를 기다리고 있다. 모두 저 지평선의 끝에 있는 적들이 보이는가?"

"예, 장군!"

일제히 대답하는 병사들에게 이안은 빙긋 미소를 지으며 명령을 내렸다.

"기간트 캐러밴을 일자대형으로 벌려라. 이대로 진군하여 깔아뭉개 버린다!"

"크크큭! 그거 참 명안이네. 기마병들이 아무리 대단해도 기간트 캐러밴에는 속수무책이지. 암!"

옆에 서 있던 맥컬리의 말이 퍼져 나가자 병사들도 강력한 기마군단이 오늘따라 유난히 초라해 보이기 시작했다. 강철로 이루어진 캐러밴에 타고 있는 자신들을 상대로 어떻게 싸울 것인지 그것이 궁금해지기까지 했다.

'후후! 헥토르 후작… 그자가 드디어 터무니없는 작전을 남발하기 시작했다. 그렇다면… 이제 곧 끝나게 되겠군.'

이안은 헥토르 후작과의 마지막 싸움을 기다렸다. 그를 베고 난 다음에 꼭 해야 할 그 일들이 벌써부터 기다려졌다.

'시밀로프 후작가… 그리고 재상! 기다려라… 네놈들의 끝이 어떻게 될지 내 반드시 보여줄 테니!'

이안은 각오를 다지며 지평선 끝에서부터 밀려오는 수많은 기마병들을 상대로 힘찬 돌격을 감행해 나갔다.

『이안 레이너』 4권에 계속…

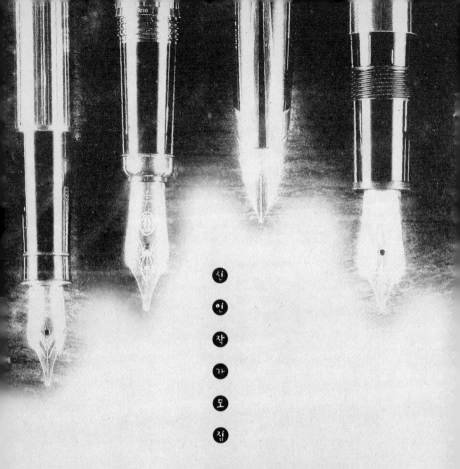

FUSION FANTASTIC STORY

월문선 장편 소설

화려한 귀환

머나먼 이계의 끝에서
다시 돌아온 남자의 귀환기!

『화려한 귀환』

장점이라고는 없던 열등생으로 태어나,
학교에서 당하는 괴롭힘을 버티지 못하고
자살이라는 극단적인 선택을 하게 된 남자, 현성.

"돌아왔다……. 원래의 세계로!"

이계에서 죽음을 맞이하게 된 현성은
자신을 죽음으로 내몰았던 현실 세계로 돌아오게 된다!

고된 아픔들, 그리웠던 기억들.
모든 것을 되살리며 이제 다시 태어나리라!

좌절을 딛고 일어나 다시 돌아온
한 남자의 화려한 이야기!
이보다 더 '화려한 귀환'은 없다!

Book Publishing CHUNGEORAM